おれは一万石

商武の絆

千野隆司

双葉文庫

目次

那珂湊
高浜
秋津河岸
霞ヶ浦
北浦
鹿島灘
利根川
小浮村
高岡藩
高岡藩陣屋
銚子
東金

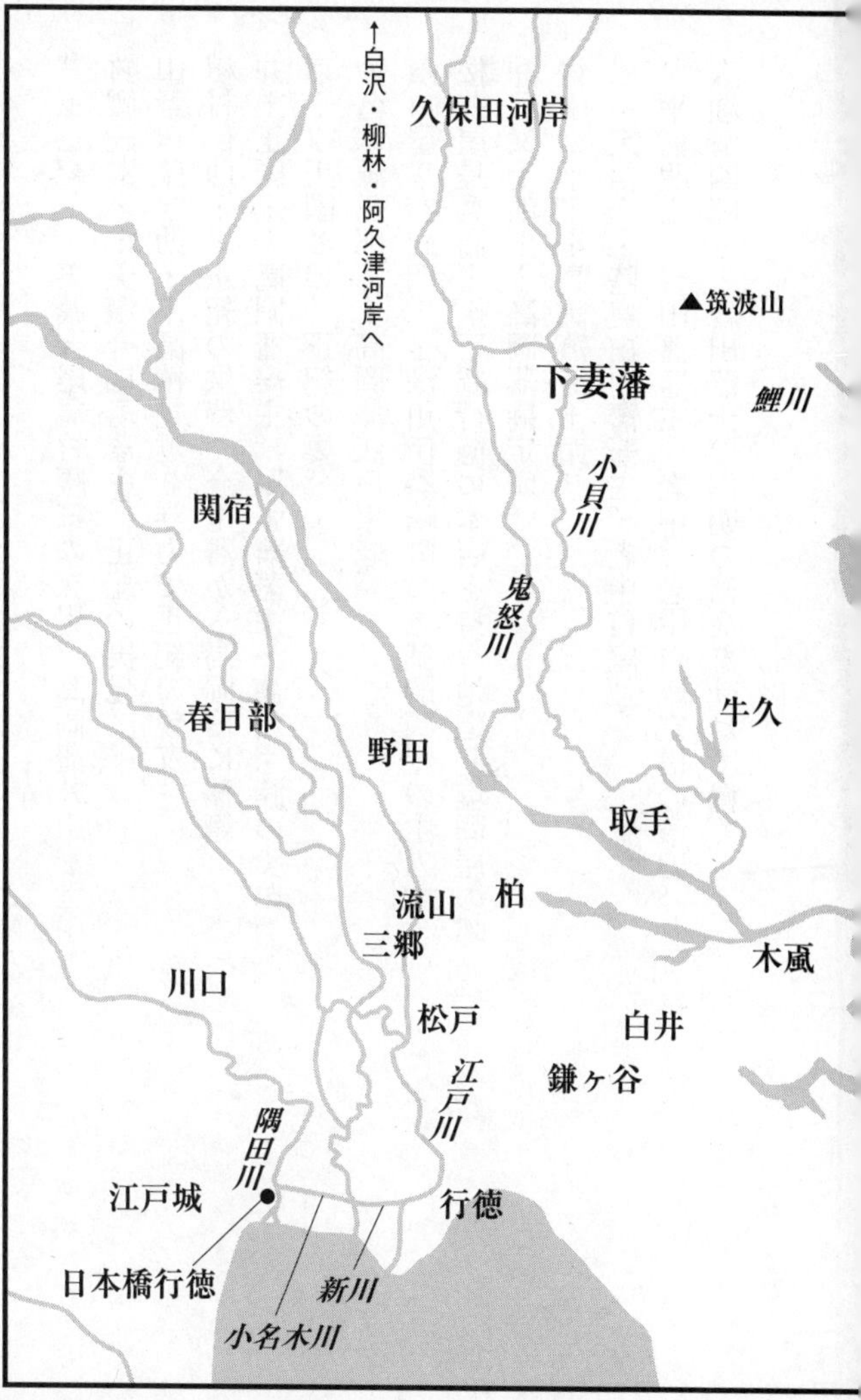

↑白沢・柳林・阿久津河岸へ
久保田河岸
▲筑波山
下妻藩
鯉川
小貝川
関宿
鬼怒川
春日部
野田
牛久
取手
流山
柏
三郷
木颪
川口
松戸
白井
江戸川
鎌ヶ谷
隅田川
江戸城
行徳
日本橋行徳
新川
小名木川

おもな登場人物

井上正紀……美濃今尾藩竹腰家の次男。高岡藩井上家世子。
竹腰睦群……美濃今尾藩藩主。正紀の実兄。
山野辺蔵之助……高積見廻り与力で正紀の親友。
植村仁助……正紀の供侍。今尾藩から高岡藩に移籍。
井上正国……高岡藩藩主。尾張藩藩主・徳川宗睦の実弟。
京……正国の娘。正紀の妻。
佐名木源三郎……高岡藩江戸家老。
濱口屋幸右衛門……深川伊勢崎町の老舗船問屋の主人。
桜井屋長兵衛……下総行徳に本店を持つ地廻り塩問屋の隠居。
井尻又十郎……高岡藩勘定頭。
青山太平……高岡藩徒士頭。
松平定信……陸奥白河藩藩主。老中首座。
松平信明……吉田藩藩主。老中。老中首座定信の懐刀。
広瀬清四郎……吉田藩士。信明の密命を受けて働く。

おれは一万石
商武の絆

前章　嵐の前

一

寛政《かんせい》元年（一七八九）八月、爽やかな秋空が、江戸《えど》の町を覆っていた。空の青は、どこまでも深い。白い雲が一つ浮かんでいて、百舌《もず》の高い鳴き声があたりに響いた。

蔵前《くらまえ》通りに立って北に目をやると、浅草寺《せんそうじ》の杜《もり》と五重塔に、昼下がりの日が差している。紅葉《こうよう》には、まだ間があった。彼方の右手には、御米蔵《おこめぐら》の大きな建物が続いていた。人通りは少なくない。町人や荷車が行き来をするが、侍や僧侶の姿も見られた。

行き過ぎる者を相手に、饅頭《まんじゆう》や麦湯、心太《ところてん》などを商う屋台店も出ていた。

この通りにあって、間口が広く重厚な建物の商家があるとすれば、それは多くが札差の店といってよかった。店といっても土間があるだけで、商品を売っているわけではない。どこの店でも、札旦那と呼ばれる直参の小旗本や御家人が数人たむろをしていた。

家禄四百俵の辻井源四郎《つじいげんしろう》も、札差大口屋《おおぐち》の店先に立って、居合わせた直参たちと話をしていた。いずれも大口屋に出入りする札旦那たちで、迫田寛五郎《さこたかんごろう》、川崎喜八《かわさききはち》といった者たちである。

辻井は御目見《おめみえ》の旗本だが、それぞれの家禄や家格は異なった。迫田は百五十俵の無役小普請組《こぶしん》で、川崎は七十俵五人扶持《ぶち》の徒士衆《かち》、他にも五、六十俵の無役の御家人がいた。

身分の違いはあっても、これから得られる直参の給与である禄米を担保に、大口屋から金を借りるためにやって来たのである。

「貴公は、いかがであった。だいぶ借りられたか」

「いや、渋いな。一両借りるつもりで来たが、得られたのは銀二十匁だけだった」

「目当ての、三分の一だな。しかしそれでもいい方だ。拙者などは、鐚《びた》一文貸さなかったぞ」

顰《しか》めた顔で応じたのは、川崎だった。

「そうか。困ったものだな」

二両を借りに来て断られた辻井は、皆の話を一通り聞いてから呟《つぶや》いた。家禄に違いはあっても、手元不如意なのは同じ。将来の禄米を担保に、直参が金を借りられる相手は他にないので札差のもとへやって来た。

将軍家の直参は、知行地を持つ知行取りと、現物の米で給与の禄を受け取る蔵米取りに分けられる。知行取りは何石という石高で禄が示され、蔵米取りは何俵という米の俵数で禄が示された。

そもそも札差は、蔵米取りの禄米を代理受領し、自家消費用の米を残して換金するのが仕事だった。その手数料を、利益としたのである。

しかし時代を経るにしたがってものの値が上がり、暮らしも奢侈《しやし》になって、禄米だけでは暮らせない直参が増えてきた。禄米は、出世をしない限り増えることはない。何年勤めようと同じだ。

そこで札差は、暮らしに難儀をする小旗本や御家人に、将来の禄米を担保にして利息を取って金を貸した。禄米は年三回、毎年欠かさず支給されるものだから、取りはぐれのない金融となった。年一割八分の公定利息は、札差の懐を温めた。そして直参の暮らしを追い詰めた。

借りた金は、返さなくてはならない。禄米を担保にするとはいっても、何年も先の分ということでは、さすがの札差も貸さなくなる。また借りた額が多ければ、毎回の手取りが返済や利息の分だけ少なくなる。ついには札差から借りられなくなり、町の高利貸しからも金を借りて、身動きが取れなくなる者が現れた。生活に窮した侍が、娘や御家人株を売ったという話は、珍しくない。

各札差の店の前にたむろしている侍たちは、辻井らと同じような苦境にいた。

辻井源四郎は、居合わせる者の中では一番の高禄だ。御表御祐筆《ゆうひつ》組頭を務めている。長女が昨年の秋、二女が先月嫁いで、もともと富裕ではなかった辻井家では支出が重なった。格式に合った嫁入りをさせなくてはならないので、無理をせざるを得なかった。

三年先の禄米まで担保にして、金を借りてしまった。

さらに不運なことに、辻井家の本家筋で慶事が行われることになった。再来月の末のことだ。家禄にふさわしい祝いの品を贈らなくてはならない。金がないから知らぬふりをするわけにはいかないところが、武家付き合いの厄介《やっかい》な点だった。

そこで大口屋を訪ねてきたが、借りることはできなかった。

「再来月には、切米がございます。それをお使いになれば」

とやられた。切米は年に三回ある禄米（給与）支給をさすが、それはそれで支払先があった。

「せめてこれまでの借金がなくなったら、清々するのだが」

「いかにも。禄米がまるまる手に入るわけだからな」

そんなことを言い合う者もいた。その気持ちは、辻井も同じだ。

「そんなことが、あるわけがないではないか」

冷ややかな口ぶりで言ったのは、川崎だった。それで一同は笑ったが、どこかに虚しさがあった。

辻井には、札差の他に借りる相手が皆無なわけではなかった。源四郎は、辻井家へ婿に入った。実家は下総高岡《しもうさたかおか》藩一万石の井上《いのうえ》家家臣《かしん》、佐名木《さなき》家だった。家督を継いだ兄の源三郎《げんざぶろう》は、江戸家老を務めている。これまでも何度か泣きついて助けてもらった。

しかし兄の家も、楽な家計でないのは分かっていた。江戸家老とはいっても、そもそも高岡藩は、ぎりぎり一万石の小大名だった。一石でも減封《げんぽう》があれば、大名ではなくなる。

「この度は、己で何とかするしかあるまい」

と考えていた。

今日のところは仕方がない。またやって来ようと引き上げる気持ちになったとき、店の外れにある横道から、老若《ろうにやく》数人の男たちが現れた。微妙に着崩した、色も柄も派手な着物。手には扇子だけでなく、三味線や鼓《つづみ》を持った者もいた。

何者かと目を凝らしてから気がついた。幇間《ほうかん》たちである。高い声で話し、笑い合っている。界隈の雰囲気にはそぐわない者たちだった。通りには、いつの間にか春慶《しゅんけい》塗《ぬり》の法仙寺《ほうせんじ》駕籠《かご》が停まっていた。

その男たちの中に、ひときわ目立つ異装の者があった。三十代後半の男だ。髪は刷毛先を短くし、中剃《なかぞり》を広くした本多髷《ほんだまげ》で、元結《もとゆい》が日差しを跳ね返して輝いている。銀製らしかった。黒地の三枚小袖に緋縮緬《ひぢりめん》の襦袢《じゅばん》が目に染みる。膝下まである長羽織に五つ所紋、鮫鞘《さめざや》の一刀を落とし差しにして誇らしげに胸を張っていた。

桐の高下駄を履いてゆっくり、もも高に足を八字に開いて歩いてゆく。駕籠の前で立ち止まり、見得を切った。

「よっ、大通《だいつう》」

「お見事」

続けて二人の幇間が声をかけた。三味線を鳴らした者もいる。他は、手を叩いて囃《はや》した。異装の男は、大口屋の主人与右衛門《よえもん》だった。

「あやつ、役者を気取っているのか」

苦々し気な顔で見ていた迫田が口にした。他の札差の店先にいた侍や、通りかかった者も非難の目を向けた。しかしそれを気にする者は、幇間たちの中にはいない。ひと騒ぎしてから、与右衛門は法仙寺駕籠に乗り込み、浅草寺方面へ動き始めた。

「あやつ、これから吉原《よしわら》へでも繰り出すのか」

「そうだろう。大名行列を気取っていやがる。ふざけやがって」

店先にいた直参たちは、腹立たし気な眼差しを向けた。

銀の五匁や十匁を借りに来て、断られた者たちである。どうでもいいことに散財をしている姿を目の当たりにして、面白く思う者などいるはずがなかった。

田沼意次《たぬまおきつぐ》が老中だったとき、札差は株仲間政策に護られ旗本御家人に金を貸すことで利を得て、江戸の代表的な富豪の列に加わった。そして金を借りた直参は、利息に追われ貧困に落ちた。家禄四百俵の旗本辻井家でさえ、大口屋から金を借りなくてはならないはめに陥ったのである。

直参が、わずかな金を借りるために、札差に頭を下げなくてはならない時世になった。

財力を得た札差たちの一部には、それをひけらかす者が現れた。無駄遣い、その馬鹿馬鹿しいほどの浪費ぶりを、誇らしげに見せつけた。この時期、その例を挙げれば切りがなかった。

素人芝居《しろうと》に入れあげ、冷笑した客がいた髪結床《かみゆいどこ》を壊し、二十両を差し出して「これでどうだ」と仕返しをした者がいた。一時《いっとき》の自尊心のために、人の稼ぎの場を壊して金で片を付けたのである。また高額の金を払って吉原の遊女を身請けし、わざと「猫《ねこ》又女郎《また》」と呼んで乱暴に別れた者もいた。大金を投じながらも、こんな別れ方もできるのだぞと無駄遣いぶりを誇示したのだった。

大尽ぶりを誇張し、鳴り物入りで無駄遣いを見せつける札差たち。これを江戸の者たちは『十八大通《じゅうはちだいつう》』と呼んで羨《うらや》み、妬《ねた》んだ。十八というのは実数ではなく、それくらい大勢いたということで、大口屋与右衛門もその中に入っていた。

「それがしから毟《むし》り取った利息を、あやつはああやって使っているわけか」

話をしていた者の中には、銀十五匁を借りた者がいた。それで暮らしの急場は凌ぐことができるが、次の切米の折にはその分が差し引かれる。

「我らは、安酒も満足に飲めぬぞ」

怨嗟《えんさ》の声が上がった。

「あやつらを、懲《こ》らしめることはできぬのか」

気勢を上げようとした者がいたが、どこか力がなかった。悔しいが、武士の矜持《きょうじ》

だけではどうにもならないことだった

二

八月二十二日、前日降った雨も止んで晴天となった。地べたの水たまりに、日差しを受けた樹木の影が揺れて見えた。敷地四千坪の杜に、読経の声が響いていた。西久保天徳寺《にしくぼてんとく》では、十九日に亡くなった美濃今尾藩《みのいまお》三万石竹腰家《たけのこし》元当主の勝起《かつおき》の葬儀が行われた。

六月の猛暑の頃、勝起は体調を崩して寝込んだ。もともと胃の腑が丈夫ではなかったが、徐々に食が進まなくなった。ついには、食べ物が何も喉を通らなくなった。正室の乃里《のり》は自ら看病に当たったが、薬石《やくせき》効なく五十二歳の生涯を閉じた。家督は四年前に、世子《せいし》だった睦群《むつむら》に譲っている。

勝起の次男井上正紀《まさのり》も、葬儀に参列していた。

寝込んでから二か月というあっけない死に、母乃里も兄睦群も、そして正紀も悲しんだが、どうすることもできなかった。見舞うたびに、瘦せ衰える姿に怯えた。最期は、乃里と睦群が看取った。危篤の知らせを受けた正紀も急行したが、死に目に会えなかった。それが悔やまれた。

「父上は、その方のことも口になされたぞ。高岡を盛り立てよとな」

遺体と対面したとき、睦群が言った。その言葉が、胸に染みた。

境内《けいだい》では、山門の前から本堂に至るまで、今尾藩の藩士が整列している。駕籠から降りた賓客《ひんきゃく》は、いったん庫裏《くり》の一室で休ませた。

「ようこそ、お越しくださいました」

白裃《しろかみしも》に白小袖の喪服姿で、正紀は弔問客に挨拶《あいさつ》をする。正紀は竹腰家の次男に生まれて、下総高岡藩一万石の井上家に婿に入った。竹腰家を出た者とはいっても、実子ということで、弔問客に対しての挨拶を受け持っていた。

「残念なことでござった」

神妙な面持《おもも》ちの弔問客が後を絶たない。勝起は、尾張徳川《おわりとくがわ》家の当主宗睦《むねちか》の実弟である。しかも竹腰家は代々尾張藩の付家老《つけがろう》という役目に就く家柄だったから、ただの三万石の大名とは別格に扱われた。

尾張一門の重鎮である。したがって多数の賓客が姿を見せた。その筆頭が、宗睦だった。宗睦は実弟の死を惜しんだ。他の親族に遅れることなく現れ、最期の別れをした。

尾張徳川家の分家美濃《みの》高須《たかす》藩三万石当主松平義裕《まつだいらよしひろ》、実弟である高岡藩主井上正国《まさくに》、日向延岡《ひゅうがのべおか》藩七万石当主の内藤政脩《ないとうまさのぶ》といった面々を始めとして一門の旗本などが集まった。それだけではない。尾張徳川家から邦《くに》姫が嫁いだ安芸広島《あきひろしま》藩四十二万六千石の浅《あさ》野《の》重晟《しげあきら》、品《しな》姫が嫁いだ常陸府中《ひたちふちゅう》藩二万石の松平頼前《よりさき》といった姻戚の大名たちも、早に姿を見せた。

紀州《きしゅう》徳川家からは病の治貞《はるさだ》の名代として付家老で紀伊田辺《きいたなべ》藩三万八千石当主の安《あん》藤次猷《どうつぐのり》が、水戸《みと》徳川家からは治保《はるもり》が弔問に訪れた。御三卿《ごさんきょう》の家からも、当主の名代が姿を見せた。縁戚ではない大名や旗本も、顔を並べた。

回廊や庫裏では、さながら江戸城内のように重鎮が行き過ぎた。広い境内は、各藩の藩士の姿で埋まった。

「これはこれは」

大名同士が顔を合わせ、話をする姿があちらこちらで見られた。弔問外交といったところだ。

「おお、あのお方もお見えになったのか」

山門を潜った駕籠を目にして、声を上げた者がいた。現れたのは、老中首座の松平定信《さだのぶ》だった。少し前には、老中で三河吉田《みかわよしだ》藩七万石当主の松平信明《のぶあきら》もやって来ている。どちらも勝起と昵懇《じっこん》ではなかったが、無視できぬ人物への儀礼として弔問したのである。

多くの者は、老中首座に黙礼をする。廊下をすれ違う折には、立ち止まって横に退いた。

鼻筋の通った怜悧《れいり》そうな面貌《めんぼう》には、気持ちの動きが窺えない。引き締めた口元といかにも冷ややかに見える眼差しは、近寄ろうとする者を委縮させる。

本堂では、宗睦や治保とも顔を合わせた。ここでは儀礼的な挨拶を交わした。それ以外に、何かを口にすることはなかった。

定信と信明は、跡取りの睦群に悔やみの言葉を述べ、焼香を済ませると早々に引き上げていった。

「定信様は、昨年来燻《くすぶ》っている尊号の一件で家斉《いえなり》様に嫌われている。近寄らぬようにする者も少なくありませぬぞ」

一門の旗本家当主が、正紀に耳打ちした。

尊号の一件とは、ときの光格《こうかく》天皇が、実父の閑院宮典仁親王《かんいんのみやすけひとしんのう》に太上《だいじょう》天皇（上皇《じょうこう》）の尊号《こう》を贈ろうとして幕府、すなわち定信と朝廷が揉めた一件をいう。尊号を与えるには、幕府の許可が必要だった。天皇にならなかった者を太上天皇にすることを、格式や制度を重んじる定信は認めなかった。

筋論からいえば定信の裁定は間違っていなかったが、この結果に将軍家斉は不快感を示した。家斉は御三卿一橋《ひとつばし》家の出で、前将軍家治《いえはる》の実子ではなく養子だった。家斉は実父一橋治済《はるさだ》に将軍の父である大御所《おおごしょ》の尊号を与えたいと考えていた。しかし治済は将軍にはなっていない。光格天皇と同じ例だ。朝廷の申し出を認めないまま、幕府が大御所の尊号を治済に与えることはできない。

「定信め、余計なことを」

家斉は融通の利かない定信を嫌った。

定信は、田沼意次を引き下ろして老中職についた。天明《てんめい》の飢饉《ききん》を経て、上がった諸物価を引き下げるために廻米《かいまい》政策などを行ったが、満足な結果は出せていなかった。直参の旗本や御家人たちは、苦しみの中にいる。

「年初より、新たな施策を練っているようだが、どのようなものになるのか。腕の見せどころではござろう」

旗本は続けた。定信にしてみれば、新施策で起死回生を図りたいところだろう。正紀は義父の正国から棄捐《きえん》の令であることは聞いていたが、その詳細については伝えられていなかった。勘定奉行の久世広民《くぜひろたみ》と柳生久通《やぎゅうひさみち》、南町奉行山村良旺《やまむらたかあきら》、北町奉行初《は》鹿野信興《じかののぶおき》、町年寄樽屋与左衛門《たるやよざえもん》などが計画を立てていた。

「詳細が、そろそろ伝えられるのではないでしょうか」

「うむ。それが我らに、どのような関わりを持ってくるのか、知りたいところでござる」

尾張一門には、その詳細は伝えられていない。正紀の義父高岡藩当主の井上正国は今年の三月まで、奏者番《そうじゃばん》を務めていた。幕閣の一人として、定信の傍にいたのである。その折には新たな施策について詳細を伝えられ意見を求められた。

しかし辞任してからは、一切関わりを持つことがなくなった。正国は、尾張一門を代表する形で定信政権の一角に席を置いていた。しかし定信は、尊号の一件で家斉の信と親を失った。また新施策としては棄捐の令を発し、札差に押し付ける形で借金を棒引きにするという無謀な策に出るとの情報を得た。それでは、江戸の金融は混乱する。

尾張一門では、定信の施策を支持しないと決めた。正国の奏者番辞任は一門の決意表明だった。老練な政治家でもある宗睦は、定信政権を短命とみなして立場を明確にしたのである。

またこの考えには、水戸徳川家当主の治保も賛同していた。正国の辞任で新施策については、尾張と水戸には詳細が伝えられなくなった。

「定信様は、一度こうと決めると揺るがない。そこは見事ですな」

旗本は大きなため息を一つ吐いてからそう言って、正紀の側から離れていった。次に、新たな弔問客が現れる。

大名旗本の顔は、極力覚えて忘れるなと告げられていた。正紀は三年前の天明六年（一七八六）に、正国の娘京《きょう》と祝言《しゅうげん》を挙げた。高岡藩一万石の世子となったのである。義父となった正国は叔父で、高岡藩では尾張徳川家の血を引く者が二代にわたって当主となったことになる。

もともと高岡藩井上家は、遠江浜松《とおとうみはままつ》藩六万石井上家の分家だった。だが正国と正紀が婿に入ったことで、尾張徳川家の一門になった。

「水戸様のお帰りで」

知らせがあった。正紀は、本殿前に置かれた駕籠の前で治保が現れるのを待った。今尾藩の者たちは、一同で見送る。

治保を駕籠まで案内してきたのは、正国だった。今は公《おおやけ》の役には就いていないが、勝起の実弟で数か月前まで奏者番を務めていた。能吏《のうり》で、宗睦の相談役という存在でもあった。だから家禄が一万石であっても、幕閣や大名たちからは一目置かれていた。

治保も正国を、小大名ではなく尾張徳川家一門の重鎮として対応をしていた。

今は無役であっても、近い将来、幕府の重職に就く。それは兄の睦群が太鼓判《たいこばん》を押したが、正紀も間違いないと感じていた。奏者番在任中の大名旗本からの評価は、上上だった。

だから奏者番辞任は、潔いと見られていた。

ただ一万石ぎりぎりの高岡藩にしてみると、当主の奏者番辞任は、藩財政に影響を与えていた。領地は、何の産物もない利根《とね》川沿いの村々が中心だった。土地柄新田開発もままならない。正紀が婿に入ったときには、護岸の普請に必要だった杭二千本も調達できないくらい、藩財政は逼迫《ひっぱく》していたのである。

藩士からは、毎年禄米から二割の貸し米を出させていた。貸し米とはいっても返すことのない、実質的な減給である。

そこで世子となった正紀は、藩財政立て直しのために、さびれていた高岡河岸《かし》の活性化を図ることにした。今では船着場も整えられ、三棟の納屋《なや》が建てられている。多くの荷を受け入れていた。

関宿《せきやど》から利根川を上り下りする物流は膨大な量になっていた。江戸から運ばれた荷を、霞《かすみ》ケ浦《うら》や北浦《きたうら》、そして銚子《ちょうし》へ分けるには、これまで取手《とりで》河岸がその任を負っていた。しかしその三地域へは、高岡河岸の方が近かった。ここを中継点として荷運びすることの利点を訴えて、納屋を新設したのだ。

一棟は藩直営だが、一棟が江戸の船問屋濱口屋《はまぐち》、もう一棟が下総行徳《ぎょうとく》の塩問屋桜《さくら》井《い》屋の持ち物だった。直営の納屋では使用料をそのまま受け取った。二棟の商家の納屋からは、運上金《うんじょうきん》と冥加《みょうが》金を受け取った。

納屋がもたらす金は高岡藩にとっては、馬鹿にならない実入りになった。

しかし奏者番を辞めて、藩直営の納屋の利用が一時減った。正国が奏者番職にあったから荷を置いていた者たちが手を引いた。さらにそれまであった進物が、一切なくなった。

盛り返したかに見えた藩財政だが、雲行きが怪しくなってきたのである。

そこで正紀は、江戸家老の佐名木源三郎と力を合わせて、利用する船問屋を増やすために尽力した。正国が奏者番として得た人脈も利用した。近頃ようやく盛り返してきた。

「この機に、河岸場《かしば》利用をさらに増やそうではないか」

と強気に出ることにした。

四軒目の納屋を、藩の費用で新築することにした。正国も佐名木も、そして日頃は何をするにも吝《しわ》い勘定頭の井尻又十郎《いじりまたじゅうろう》も賛同した。

とはいえ、建設費用などなかった。あれこれ探して、大名貸しをしている日本橋平《にほんばしひら》松《まつ》町の蠟燭《ろうそく》問屋八幡屋四郎兵衛《はちまんやしろべえ》から五十両を借りられることになった。塩問屋桜井屋の隠居長兵衛《ちょうべえ》が口利きをしてくれた。

長兵衛とは、塩の輸送の中で力を貸し合い、正紀とは昵懇の間柄になった。桜井屋も濱口屋も、納屋が一棟増えることは、商売敵《しょうばいがたき》が増えるという考え方をしなかった。河岸場の規模が大きくなれば、それ以上に利用をする者が増えると見込んでいた。だから濱口屋の主人幸右衛門《こうえもん》も協力的だった。

まだまだ厳しいが、藩財政は回復に向かい始めている。

弔問客は、次々に現れる。正紀は、引き続きその応対に当たった。

第一章　新施策

一

　九月になって、朝夕の冷気が厳しくなった。樹木が紅葉を始めている。江戸の河岸場には、新米が届き始めた。荷船から米俵が下ろされるのを見るのは、心地よかった。

　正紀は尾張藩上屋敷より呼び出しを受け、正国と共に宗睦と面会をすることになった。通されたのは、親族や重臣が主と共に会談に使う十六畳の部屋である。柱は七寸（約二十一センチ）の檜《ひのき》の芯去材《しんさりざい》で、襖《ふすま》絵は狩野探幽《かのうたんゆう》が描いた花鳥画だった。廊下を隔てた外には、手入れの行き届いた秋の庭が広がっている。

　そこには兄の睦群や高須藩主松平義裕など、一門の主だった者が顔を揃えていた。

「老中が出す新たな施策が明らかになったのではないか」

発布の時期が近いことは、分かっていた。だからそういう声が出たのだ。正国が幕閣から退いて、尾張一門には情報が入らなくなっている。施策に関わった者には、中身が漏れぬようにと幕閣から緘口令《かんこうれい》が敷かれている様子だった。

「向こうにしたら、横やりを入れられたら敵《かな》わぬと考えるからだろう」

「発布前に町の者に伝わったら、厄介なことになる中身なのは間違いない」

「変えようがなくなったところで、知らせてきたのではないか」

そんな話をしているところへ、宗睦が現れた。一同は私語を止め平伏した。

「定信殿がなす新施策の内容が、明らかになった」

一同が頭を上げたところで、宗睦が口を開いた。「やはり」といった顔で、すべての者が次の言葉を待った。

「旗本御家人を救済する、棄捐の令であるのは間違いないが、その中身は札差にとって過酷なものとなった。すなわち五年以上前までの貸付金は、新古の区別なくすべて帳消しにする。以降の分は利息をこれまでの三分の一に下げ、永年賦を申し付けるというものである」

「おおっ」

驚愕《きょうがく》の声が上がった。禄米取りの直参は、長い年月にわたって、札差から禄米を担保に借金を続けてきた。それを棒引きにするという触《ふれ》である。

付け足すように、睦群が説明をした。

五年前までの貸付金といっても、年利一割八分の利息で長年焦げ付いたままになっているのが、各直参が抱える借金事情といってよかった。利息の方が元金をはるかに超え、借入額は複利で雪だるまのように膨れ上がっていた。

焦げ付き債権とはいっても、取り立てのできない不良債権ではない。担保の受領から売却までの一切を抱え込んだ上でのことだから、取りはぐれはなかった。焦げ付かせたまま寝かせておくのも、貸し金高を増やす手立てになった。

毎年一割八分ずつ貸し金が増えていけば、蔵米の支給ごとに差し引ける。侍は他に収入の手立てがないから、出世して加増でもない限り元金の返済ができない。五年前どころか、親の代からの借金を引き摺っているのが普通だった。辻井家も返済が三年先の禄米にまで及んでいるが、借り入れは前の代からのものだ。

札差にとっては安全で有利な債権が、ある日突然、一つの政令で泡と消えるのである。債権として残る五年以内のものでも、利息を下げられ長い年賦返済とされては旨《うま》味《み》がなくなるだろう。

説明を聞いている間から、一同の興奮が伝わってくる。

「北条貞時《ほうじょうさだとき》などがなした、徳政令でござるな」

説明が終わってため息を吐いた者がいた。

「旗本や御家人衆は、小躍《こおど》りをして喜ぶであろう」

発布は九月の中旬、重陽《ちょうよう》の節句が過ぎたあたりになる。

「五月の切米が過ぎてしばらく経ち、次の十月の切米が一月《ひとつき》後に控えている。ほどよい時期ではないか」

「しかし札差は、たまったものではあるまい。潰れる者が出るぞ」

「かまうまい。十八大通などと呼ばれていい気になり、奢侈に溺れていた者たちだ」

気味がいいと言う者は少なくなかった。この思いは棄捐とは関わりのない町の者も同じだろう。

「老中首座は、これで人望を得るであろうな」

「それはまずいぞ」

一門の者すべてがそう思っている。定信とは、立場を異にすることを明確にしていた。

「札差たちは、されるがままにはなっていないであろう」

と言ったのは、正国だった。

「うむ。黙ってはおるまい」

松平義裕が同意した。

札差たちは棄捐の令を受け入れなくてはならないが、その後どうするかは勝手だ。資産を守る動きをするのは、当然だろう。

「札差の動きを、注視いたさねばなるまい」

宗睦が言った。

「まことに」

一同は応じた。宗睦は棄捐の令について、一切口出しをしないはずだ。札差の反逆があり、しくじると見ている。定信が短命政権になると考える理由の一つだった。

市ヶ谷《いちがや》の尾張藩上屋敷を出た正紀と正国は、徒士頭の青山太平《あおやまたへい》と正紀付の家臣植村仁助《うえむらにすけ》を伴って、蔵前《くらまえ》通りに出た。ここには幕府の御米蔵がある。

浅草《あさくさ》橋の北、鳥越《とりごえ》橋を渡った東側で浅草川を背に、五十四棟二百七十戸前《とまえ》の米蔵が並んでいる。ここに収納されるのは、全国の天領での収穫米や年貢米、買上米で、その総量は年に四十万石と言われていた。

蔵米取りに支給される禄米は、ここから運び出された。

幅広の蔵前通りには、百軒ほどの札差が重厚な店を構えている。駕籠や人の通りは、いつものように多かった。米俵を積んだ荷車が、何台も行き過ぎた。

札差の店の前には、借り入れに来たらしい直参が何人もたむろをしている。

「町の者も直参も、まだ棄捐の令が出ることを知らないわけですね」

青山が言った。青山と植村には、大まかなところは話していた。

「この通りは、大騒ぎになりますね」

植村も、周囲に目をやりながら口にした。

ここで正国は、話していた内容と少し違うことを口にした。

「小禄ではあっても、旗本や御家人たちは将軍家直属の侍たちだ。軍事だけでなく、政《まつりごと》を実際に行う役割も担っている。大事な家臣と言ってよかろう」

「まことに」

「その旗本や御家人の家政に食い入った札差は、定信殿にとってはただの高利貸しにしか見えぬのであろう。しかも得た金子で、奢侈の限りを尽くしている。旗本御家人を救うだけでなく、札差を戒《いまし》める気持ちも大きかろう」

幕閣の札差に対する評価が、棄捐の令という形になったと、正国は言っていた。

「それはよく分かりますが、ただでは済まないでしょう。失う金子は、店にもよるでしょうが一万両を超すのではないですか」

高岡藩の財政とは、比べ物にならない額だろう。納屋新築のために五十両の借金をするが、それだけでも藩としては大きな出費だった。

「うむ。その何倍にもなる者もあろう」

「商人《あきんど》にとっては、金が命でございますからな。恨み骨髄に徹しましょう」

「まずは、貸し渋りがおこるであろう。金を貸すことに慎重になるのは当然だ」

「それは高岡藩にも、関わりを持ってくるのでしょうか」

「さあ、どうか」

先のことは、まだ分からない。話しながら歩いた。辻井家が出入りしている大口屋の前を通ったとき、中を覗いた。

店の奥に主人の与右衛門がいて、どこかの札差の主人らしい者と神妙な顔で話をしていた。与右衛門は大通の真似事をして、派手な遊びをしていると聞いていた。しかし今見る姿には、その面影はなかった。

露店の甘酒売りがいた。四人で飲んで、親仁に問いかけた。

「札差たちは、相変わらず派手に遊んでいるか」

「それが、この二、三日は見かけませんね」

と返されて正紀と正国は、顔を見合わせた。詳細は分からないにしても、札差たちは何かを察しているのではないかと感じたからだ。

夜、正紀は、京の部屋へ行った。娘の孝姫《こう》も生後十か月になろうとしている。はいはいをし、抱き上げてあやすと声を出して笑う。正紀のことが、分かる様子だった。成長が早い。もう赤子とはいえなくなった。

正紀は孝姫をあやし、京にその日の出来事を伝えると、一日が終わった気がする。京は二つ歳上で、物言いが偉そうなのは気に入らないが、ときにはなるほどと思うようなことを口にした。

棄捐の令については、興味深そうに正紀の話を聞いた。

「定信さまは、腰を据えていらっしゃいますね」

「うむ。覚悟の上であろう」

「そこまでのことは、商人の気持ちを慮《おもんぱか》る方にはできませんね。他の方では、ありえないことでしょう」

札差がどう思うかについて定信は、気持ちを向けていない。

「名門にお生まれだからこそでございますね」

と付け足した。定信は八代将軍吉宗《よしむね》の孫で、御三卿田安《たやす》家の生まれだ。巡り合わせが良ければ、将軍にもなれた。

ただ京は、褒めたわけではない。

「高岡藩に、災いがなければと存じます」

そこまで言ってから、京は孝姫を抱き上げた。母に抱き上げられて喜んだ孝姫は、笑顔になって声を上げた。

二

九月十六日は、朝から曇天だった。いつ降りだしてもおかしくない空模様だ。札差一同と蔵前の町役人《ちょうやくにん》一同が、北町奉行初鹿野信興に召し出された。

「何事でしょう」

町役人はともかく、札差たちはどこか不安げだった。不穏《ふおん》な気配を感じるのか、日頃の勢いはない。

広間に続々と人が集まった。その広間を囲むように、定町《じょうまち》廻り同心や突棒《つくぼう》を手にした小者《こもの》が、険しい表情で立っている。その物々しさが、札差たちを委縮させていた。

北町奉行所の高積《たかづみ》見廻り与力の山野辺蔵之助《やまのべくらのすけ》は、同心や小者たちを束ねる立場で、部屋の隅に座していた。役目違いだが、古参の年番方《ねんばんかた》与力に命じられたのである。

一同が顔を揃えたとおぼしいところで、廊下の奥から足音がした。初鹿野信興が姿を現したのである。勘定奉行の久世広民を伴っていた。どちらもきりりとした厳しい表情で、これから伝えることの重要さを伝えていた。

二人が着座すると、集まった者たちは低頭した。

「これは、その方らの存念を聞くものではない。ご公儀の札差仕法《しほう》についての、改正を伝えるものである」

多くの者は、初鹿野の言葉を耳にして固唾《かたず》を呑んだ。述べられる内容について、異議は認めぬと告げられたのである。

まずは旧債権の処分法である。貸付金帳消しに関するもので、この段階で呻《うめ》き声や悲鳴を上げた者が少なからずあった。

「狼狽《うろた》えるな、黙《もく》して聞け」

初鹿野は恫喝《どうかつ》した。この程度の反応は、折り込み済みだったようだ。そして今後の札差貸し金の仕法について伝えた。公定利率を年一割二分にするというのが、話の中心だった。

これも札差にしてみれば、厳しい話だ。

「と、とんでもない話だ」

「なぜ、このようなことを」

達しが済むと、先に恫喝されたことも忘れたように、札差たちは声を上げた。ある程度の予想はあったにしても、まさかここまではという気持ちだったに違いない。

山野辺も、聞いていて耳を疑ったほどだ。町方の与力や同心は商家からの進物があって比較的豊かだから、札差から金を借りている者は少ない。しかし他の役目や無役の直参の窮迫《きゆうはく》した暮らしについては、日々目にし耳にしていた。

「とうてい、受け入れられぬ話でございます」

と口にした札差もいた。多くの居合わせた者たちが頷《うなず》いた。

だが初鹿野も久世も、動じなかった。

「これは、ご公儀が定めたことである」

「いかにも。その方らは、お上の仕様に逆らうのか」

初鹿野の胴間声《どうまごえ》と久世の鋭い声が広間の中に響いて、一同は息を呑んだ。呼応するように、立っていた小者たちは携えていた突棒の先を札差たちに向けた。

歯向かう者はひっ捕らえるという決意を示したのである。山野辺も、不穏な動きがあったら容赦なく捕らえよと告げられていた。

札差たちは言葉を呑み込んだ。持って行き場のない怒りか、背中や握り拳を震わせていた。

この場は、公儀の権威と武力で静まったが、札差たちの怒りと恨みが抑えられたとは、山野辺には見えなかった。初鹿野と久世が退室すると、怨嗟の声が渦巻いた。

「得心がいきませんよ。何かの間違いでは」

信じられないでいる者もいる。

「うちは、二万両に近い損失になりますよ」

「こちらは三万両です」

とんでもない数字を口にする者もいた。顔が青ざめている。指先の震えが止まらない。大袈裟《おおげさ》に言っているとは思えなかった。

これまで大通として、贅を尽くしていた者たちがいる。不遜な振る舞いを目にして、不愉快な気持ちになることは多かった。

「私のところでは、余所で資金を借りて貸し付けをしていました。それを返せません」

肩を落として、絞り出すような掠れ声だった。

「同じようなものです。うちが借りているのは五千両ですから、利息だけでもとんでもない額です」

「首を括るしかありません」

という言葉も、妙に真実味があった。

ただ嘆いてばかりはいられない。そこは商人だった。対策を練るのか、いつの間にか広間に札差の姿はなくなっていた。


このとき正紀は、植村を伴って蔵前通りに出ていた。今日、棄捐の令が発せられることは分かっていた。札差や町の様子を見ようと考えたのである。

「まだ何も起こっていませんね。いつもと同じです」

周囲を見回した植村が言った。どこの札差も、変わった気配もなく店を開けていた。

数人の札旦那が、いつものようにたむろしている。

「えいほ、えいほ」

しばらくして、急ぎの駕籠がやって来て、一軒の札差の前で止まった。降りたのは青ざめた顔の羽織姿の商人だった。店の主人だというのは、すぐに分かった。

青ざめた顔で、店の中に駆け込んだ。

その様を見て、正紀は発令があったことを知った。主人が入るとその店は、中にいた札旦那を帰らせて戸を閉じた。

「いったい、何があったのか」

外にいた札旦那たちは、驚いたような顔を向け合った。

そして次々に、急ぎの駕籠がやって来て、札差の店の前で客を降ろした。おそらく店の主人たちだろう。落ち着いた者など一人もいない。みな慌てて店の中に駆け込んでいった。

「何か、とんでもないことがあったのではないか」

閉め出された札旦那たちは、顔を寄せあった。好奇の目を向けている。まだ棄捐の令が出たことを知らないようだ。

正紀と植村は、戸の閉められた札差の店の前へ行って耳を澄ませた。中から、殺気だった声が聞こえた。

「帳面を、検めるんだ」

命じる声が聞こえた。ばたばたと足音が響いている。

動揺はあったはずだが、怒っているわけでも、打ちひしがれているわけでもなかった。貸し金の中でも、棄捐になるものとならないものがある。まずはそれを確かめようとしているのだと察した。

「さすがは商人だ」

「まったくです。井尻様にも見倣っていただきたいですな」

二人は他の店へ行く。ここでは主人らしい者が、抑え切れない怒りの声を上げるのが戸越しに聞こえてきた。

「松平定信様は、商いのことが何も分かっていない」

「ええ、田沼様の方が、はるかに商いには通じていらっしゃった」

「このままでは、江戸の商いは回らなくなりますよ」

「潰れる店が出ます」

相手をしている番頭らしい声には、悲痛な響きがあった。

道端《みちばた》では、手代同士が小声で話をしていた。定信への恨み言だ。黙ってはいられないのだろう。店や己の先行きに、不安があるに違いない。

「これから、どうなるのか」

「お上は、鬼か」

「祟《たた》りがありますよ」

という恨み言もあった。いつしか棄捐の令の中身が、周りの者にも伝わった。

「何だと。借金が、帳消しになるだと」

どこかで話を聞いた直参らしい侍が、声を上げていた。

「それはありがたい。札差どもには、天罰が下ったのだ」

定信は札差から、徹底して恨まれる。しかし慌てふためく札差の姿を目にして、面白がったのは直参だけではなかった。派手な暮らしぶりに眉をひそめていた、町の者たちも同様だった。

棄捐の令が発せられたことは、瞬く間に蔵前界隈に広がった。

三

正紀と植村は、さらに札差の店や町の人々の様子に目をやりながら蔵前通りを歩いた。御米蔵の門扉《もんぴ》は閉じられたままだが、ときが経つにつれて通りの様子が変わってきた。

札差が店を閉じ始めただけではない。番頭や手代が小走りに出かけて行く。集金や金策にでも行くのか、その表情には、いずれも切迫した気配があった。

そして二人、三人と、連れ立った侍の数が増えてきた。浪人者ではなく、直参とおぼしい者たちだ。喜色満面で談笑している。

「定信様のお陰だ」

「何と、行き届いたご配慮だろうか」

「ありがたい。これで禄米は、まるまる手に入れることができるぞ」

借金がなくなる措置に、浮かれて町に出てきた者たちらしい。

「それはまことだな。夢ではあるまいな」

すぐには信じられない者もいる。

直参たちは、出入りしている札差の店の前にやって来た。そこにいる顔見知りの者たちが、耳にしたことを伝え合う。

その数が、徐々に増えてきた。旗本から無役の微禄の者まで身分は様々だ。みな札差から金を借りているのだろう。

役付きの者は上役から、無役の者は小普請組の支配組頭から伝えられたらしい。そして口から口に伝わった。

「まだ明るいのに、戸を閉じているとは何事だ」

札差から直に確かめようとしているのか、戸を叩いて声を上げる侍もいた。

「はっきりしたことが分かり次第、お知らせせいたします」

「何を申すか。はっきりしておるではないか」

中からの震え声に、侍は返した。傍にいた侍たちは、声を上げて笑った。金を借りるときは、冷ややかな対応をされていたから、札差がおののき慌てているのが愉快でならないのだ。

すると機を見るに敏な小商人が、屋台で酒を売り始めた。地廻り酒の四斗樽《しと》を、小ぶりな荷車に積んでいた。一合を二十四文と、やや割高な値で売っている。

呼び声を上げると、侍たちが集まってきた。

「おお、飲もうではないか」

「いかにも。いかにも」

懐は寂しくても、借金が棒引きになるという気の緩みがある。親仁は一合枡を用意していたが、次々に売れた。

「うまい。こんなにうまい酒はないぞ」

お代わりをする者が続いた。親仁はほくほく顔だ。

飲むと気持ちが大きくなる。札差にはさんざん苛められてきた。酒が入ったところで、ますます怒りが膨らんできたらしかった。

「札差め、思い知れ」

「直参を侮《あなど》ると、こういう目に遭うのだ」

酔って赤い顔になった侍たちが、叫び出した。

「まったくだ。我らの金で、贅沢《ぜいたく》をしおって。身の程を知れ」

同調する者はいても、止める者はいない。

札差では、ほとんどが店を閉めていた。その戸を乱暴に叩いて喚《わめ》く者もいた。

「阿漕《あこぎ》な札差、出てこい。成敗してやる」

こうなると、明らかにやり過ぎだ。叩いている戸が、今にも外れそうだ。

「大丈夫か」

「悶着《もんちゃく》になりそうですね」

正紀の言葉に、植村が応じた。

声をかけていた直参は、中からの返答がないのでさらに腹を立てたようだ。拳だけでなく足でも蹴って、ついに戸が外れた。

「な、何をなさいます」

店の中にいた手代が、非難の声を上げた。

「何だと」

直参は酔っているからか、非が己にあっても怯まない。かえって手代の責める口調に腹を立てたようだ。

「非道な遣り口に、天罰が下ったのだ。戸の一枚や二枚、何だというのか」

「やれっ、やれっ」

助勢する侍や煽る者がいた。さらに二枚、戸が蹴られて外れた。

「おやめくださいまし」

止めに入った手代を、直参は張り飛ばし、地べたに転がした。

「無体なことを」

番頭や他の手代も出てきた。札差の奉公人たちも、気が立っていた。明らかな狼藉《ろうぜき》を受けたのである。棍棒《こんぼう》のようなものを持ち出してきた小僧がいた。それを見て、腰の刀に、手をかけた侍もいる。一触即発だ。

「このままでは、まずいぞ」

正紀は、直参と札差の悶着には関わりたくなかったが、直参で止めに入る者はいなかった。近所の住人は、怖れて手出しができない。正紀は目で、植村に合図を送り前に出た。

「もうこれくらいにしてはどうか」

酔って絡む直参の傍へ行って声をかけた。

「何だ、きさま」

直参は正紀の言葉に、さらに激昂したらしかった。額に青筋を立てた。

「このやろ」

正紀に殴りかかってきた。しかし拳が正紀の顔に当たる前に、その腕が横から出た手に摑まれた。

「おのれっ」

直参は手を外そうとするが、膂力《りょりょく》ではかなわない。植村は足をかけて、地べたに押し倒した。

「何をする」

周りにいた直参たちが、色めき立った。しかしこのとき、通りから声が上がった。

「町方の者が来るぞ。面倒だぞ」

直参の中の誰かが言った。見かねた町の者が、町奉行所に知らせたらしかった。酔っていわれもなく戸を叩き、蹴り飛ばしたのである。酔っていても、公になれば面倒なのは分かるらしかった。

「くそっ。覚えておれ」

捨て台詞《ぜりふ》を残して、直参たちは逃げ出した。

「よし。我らも」

正紀と植村も、この場から退散することにした。

三日後、佐名木は実弟の辻井源四郎を高岡藩上屋敷に呼んだ。棄捐の令を知った直参たちの反応を聞くためだった。辻井家も、多額の借り入れがあるはずだった。

この令は直接大名家には関わりないが、状況は摑んでおきたかった。正紀も同席した。

「どこの家も、ほっとしたのは確かです。苦しめられていたのは確かでござるゆえ」

発令のあった日、喜びのあまり蔵前通りで酔って暴れた直参もあった。そこまではせずとも、すべての蔵米取りが喜んだ。

「調べたところ、当家だけでも百数十両の棄捐となります」

「それは大きいな。札旦那を百人抱えていたら、一万両を超す計算だな」

正紀には、大きすぎて実感の伴わない数字だ。

「家禄が低くても、さらに前から借りていたら、我が家よりも高額になるところもあるはずでござる」

不満を口にする者などいないと、辻井は言い足した。

禄二百俵の御留守居《るすい》番与力の家では、極貧の中で持参金付きの養子を得ようと縁談を進めていた。実子の男子《おのこ》がありながらである。しかし棄捐の令が出ると、即座に破談にしたという。

「露骨な真似をするな」

「しかし棄捐の令のお陰で、実子を後継ぎにできるのですから、定信様のお屋敷には足を向けて寝られぬでしょう」

辻井の言うことは、もっともだった。

「しかし札差ではなく、町の金貸しから借りていたら、それは棄捐にはならぬであろう」

「それはそうです。しかし負担が減るのは確かです」

佐名木の問いに、辻井が返した。

「借金がなくなって、清々した気持ちは分かる。しかしな、禄が増えたわけではないぞ。いい気になっていると、これから難渋《なんじゅう》するのではないか」

「はあ、それは」

辻井は棄捐の令を歓迎してはいるが、もろ手を挙げて喜んでいるのでもなかった。

佐名木の言葉には、戒める響きがある。何か事情がありそうだが、兄弟のことだと思うので改めて問いかけはしなかった。

佐名木には、十七歳になる跡取り源之助《げんのすけ》がいる。辻井は佐名木の執務部屋で会談の後、源之助と少しばかり話をして引き上げていった。源之助は上屋敷内の家老の住まいで過ごしているが、叔父が来たというので挨拶に出てきたのだった。

辻井、源之助ともに神道無念流戸賀崎《しんとうむねんとがざき》道場に通っている。正紀にとっては、兄弟子でもあった。

四

その翌日、北町奉行所与力の山野辺蔵之助が、正紀を訪ねてきた。山野辺と正紀は神道無念流戸賀崎道場の剣友で、幼少から共に腕を磨いた。今も身分を越えて、親しい付き合いをしている。

札差の棄捐の令による損害状況を伝えに来たのである。はっきりしたら教えてほしいと、発令直後に頼んでいた。

「棄捐総額は、百十八万両を超すようだ」

すべての札差が棄捐金額を届け出たわけではない。九割程度の届け出を集計したものだと、山野辺は付け足した。

「わずか百軒足らずの札差で、それだけの貸し金があったわけだな」

正紀には仰天の数字だ。勘定頭の井尻が聞いたら、腰を抜かすだろう。高岡河岸に新しい納屋を建てるにあたって、高岡藩では五十両を借りるのにも四苦八苦した。

「一軒の最高額がどれくらいになるか、見当がつくか」

「さあ、二万両くらいか」

正紀が首を傾げると、山野辺は紙片を差し出した。高額の棄捐となった店と、その額が記されていた。

伊勢屋《いせや》四郎左衛門《しろうざえもん》　八万三千両
笠倉屋《かさくらや》平八《へいはち》　四万八千六百両
泉屋《いずみや》甚左衛門《じんざえもん》　二万八千両
井筒屋《いづつや》八郎右衛門《はちろうえもん》　二万四千六百両
上野屋《こうずけや》茂平治《もへいじ》　二万四千両
板倉屋《いたくらや》清兵衛《せいべえ》　二万一千両
大口屋与右衛門　二万五百両

といった屋号と数字が並んでいた。

「八万両とは、畏れ入ったな」

高岡藩の一年間の年貢総額など、足元にも及ばない。

「まったくだ。さしもの金蔵も空になっただろうが、それだけでは済まないらしい」

「どういうことか」

「札差は、自前の金だけを金を貸していたわけではない」

「どこからか金主を得て、貸していたのだな」

貸し手である金主には、利息をつけて返さなくてはならない。家作を持ってその地代や家賃を資金にする者もいるが、それだけではない。金の出どころはそれぞれだ。

「どこも一万両を超えている。金を借りて商いをしていた者は、少なくない。しかし
その金は、棄捐にはならぬ」

「おのれが借りた金だけは、そのまま残るわけか。踏んだり蹴ったりだな」

「まったくだ。あれから戸を閉じたままの店もあるぞ」

大袈裟に言っているのではないと分かる。

「公儀は、札差には何もしないのか」

奪い取るだけならば、政策ではないという気がする。

「いや、さすがにそれはない。しかしな」

山野辺はわずかに躊躇《ためら》ってから、口を開いた。

「無利息御下げ金というものを貸すらしい」

「いかほどか」

「総額で、一万両ほどか」

「それでは、話になるまい」

魂消《たまげ》た。一軒にではなく、百軒近い札差すべてを対象にして総額一万両とは焼け石に水だ。しかも貸し出しだから、無利子ではあっても返さなくてはならない。

「廃業をする者も出るだろう」

「うむ。札差株は暴落中らしい」

もっともな話だ。貸した金が、月日を経て棒引きになる。二度目の棄捐の令が出ないとも限らない札差株を、高値で買う者などないだろう。

「ご老中への恨みは、とてつもなく深いであろうな」

「まさしく。一晩で百両二百両と平気で使い、贅沢の限りを尽くしてきた者たちだ。お灸を据えるのはかまわないが、これでは命に関わる大火傷になる」

棄捐の令については前から聞いていたが、明らかにやり過ぎだった。札差側が、一方的にやられていた。

「傍には信明殿もいながら、止められなかったのか」

正紀には、それも不満だった。

「怒った札差は、白河《しらかわ》藩邸に火でもつけるのではないか。そういうことを口にした者もいたぞ」

定信に対しての恨みが、燃え上がっている。

「となると札差は、どう動くのか」

正紀の気になる点だ。

「お上には、面と向かっては逆らえない。そこで店を閉じている者もいる」

「それだけか」

「貸し渋りが起こっているぞ」

「やはりな」

これは正国が奏者番を辞任するときから見えていたことだ。

「一軒や二軒ではない。すべての札差で貸し渋りが起こったら、直参は悲鳴を上げるだろう」

山野辺はため息を吐いた。貸す貸さないは、侍と札差の問題だ。貸さなかったとしても、お上が苦情を言うわけにはいかない。

町の様子も、気になった。山野辺が引き上げた後、正紀は植村を伴って深川伊勢崎《ふかがわいせざき》町の老舗《しにせ》の船問屋濱口屋を訪ねた。主人の幸右衛門から、商人の考えを聞いてみたかった。

正紀は、濱口屋の荷船が廻米を江戸に運ぶにあたって力を貸した。その縁で幸右衛門とは昵懇の間柄になった。高岡河岸にある三棟の納屋の内の一棟は、濱口屋のものだった。

「これは正紀様。ようこそお越しくださいました」

親子ほど年が違うが、いつものように笑顔で招き入れてくれた。奥の部屋へ通され、茶菓が運ばれた。

ただ棄捐の令の話を持ち出すと、表情が変わった。知己ではなく、商人の顔になった。

「今は札差とご直参との問題ですが、これだけでは済まなくなります」

断定する口ぶりだった。

「予兆があるのだな」

幸右衛門は、当て推量でものを言うことはない。

「金の巡りが滞《とどこお》るようになりました」

「札差だけが、金を使わなくなったのだな」

「それだけではありません。そもそも中心は、金の貸し渋りでございます。札差だけが、貸すのを渋っているわけではありません」

札差はとんでもない額の棄捐を押し付けられた。貸し金の相手は違っても、金貸しは怖れおののいたはずである。万が一にでも、札差以外に棄捐の令が出てはたまらない。

「商いは、己の持ち金だけで行われているわけではありません。借りた金を運用することは、珍しくないのです」

「そうだな」

武家の正紀には実感がなかった。ただ高岡河岸に納屋を建てるにあたって、藩では金貸しからではなく蠟燭問屋から金を借りた。そういうことだと考えると、幸右衛門の言うことに得心がいった。

「すると、どうなるのか」

「商いの流れが悪くなります。品が売れなければ、商いは衰えます」

「なるほど」

「札差とは関わりのない他の商いにも、嵐の余波が及びましょう。どれくらい大きくなるかは存じませんが」

ため息を吐いた。そして正紀に改めて目を向けてから、付け足した。

「回漕《かいそう》も、少なくなるかもしれません」

「そうなると、河岸場の使い手も減るわけだな」

高岡藩にまで、波は押し寄せてくる。他人事《ひとごと》として済ませるわけにはいかないだろう。大きな問題を引き起こすかもしれなかった。

夜、京と話をした。山野辺や幸右衛門から聞いた中身を、伝えたのである。

「お触一つで百万両を奪われた者たちに、無利子とはいえ一万両ばかりの貸し金というのは、馬鹿にしています」

腹を立てていた。十八大通の噂《うわさ》は聞いているから、札差に好感を持っているわけではない。定信の乱暴なやり方を責めたのだ。

「御下げ金は、いずれ増額をするだろう。しかし倍にしたところで、札差を満足させることはできまい」

もともと幕府に金はない。旗本、御家人の借金を札差に尻拭いさせただけだ。

「当たり前です」

まるで正紀が叱られているようだった。

「次の切米は、来月でございますね」

いきなり話題を変えたかに思えたが、そうではなさそうだ。

「うむ十月の、半ば頃であろう」

「ご直参の方々は、それまでお金が持つのでしょうか」

借金はなくなったにしても、日々の暮らしは続く。急な物入りがないとはいえない。

しかし新たな借金は、貸し渋りがあってできないだろう。

棄捐の令は一時しのぎの政策で、直参の窮迫を救う抜本的な解決策ではない。

「今は喜んでいても、新たに金を借りられないとなれば気持ちは変わります。ご直参の胸に浮かぶ不満と怒りは、札差よりも定信さまに向かうのではないでしょうか」

「その通りだ」

借金がなくなれば、誰でも嬉しい。しかし山野辺や幸右衛門の話では、すでに貸し渋りが始まっている。棄捐の令の反動が表われ始めたのである。

当初の感謝は、じきに新たな怒りになる。

ここで眠っていた孝姫が、目を開けた。二人の話が、うるさかったのかもしれない。泣き声を上げた。

「おお、よしよし」

正紀があやすと、孝姫はさらに泣き声を上げた。そして京が抱き上げると、すぐに泣き止んだ。

「嫌われたのか」

「いえ、眠たいだけです」

それなのにちょっかいを出された。だから泣いたらしかった。

五

翌朝から雨が降った。それが思いがけず長く続いた。三日目になって、ようやく小降りになった。長雨の前と比べて、朝夕はだいぶ冷え込んできた。

「札差の涙雨ではないか」

高岡藩の上屋敷内では、誰からともなくそんなことが囁かれた。

正紀は棄捐の令の顚末《てんまつ》がどうなるか、気になってならない。

家計の逼迫に苦しむのは、直参だけではなかった。どこの藩でも抱えている問題だった。

高岡藩ではもう何年もの間、藩士から禄米の二割借り上げをおこなっている。今年は数年前までのような凶作ではなかったが、借り上げは止められなかった。表立って窮状を訴える者はいないが、胸中に不満を持つ者はいるだろうと正紀は感じていた。

棄捐の令について、江戸の高岡藩士の間では、

「公儀は、よい決断をなされた」

という声が大勢を占めている。羨む思いが滲んでいた。そして日が経つにつれて、その声は大きくなった。

「当家でも、出入りの商人に棄捐の令を出せぬものでしょうか」

若い藩士が、勘定頭の井尻に問いかけていた。高岡藩士の中にも、数年先の禄米を担保に、米商人から金を借りている者は少なくない。それは国許《くにもと》の者だけでなく江戸勤番の藩士も同様だった。

「当家のことではない。事情も違うぞ」

と井尻は答えていたが、藩士の気持ちは分からなくもなかった。公儀がやるならば我らも、となるのは当然の流れだろう。

ただ棄捐の令は劇薬だ。副作用があることを分からせておかなくてはならない。棄捐の令の噂は、早晩江戸だけでなく各地へ伝わる。高岡も例外ではないだろう。

副作用の実態を、きちんと目に留めておかなくてはと正紀は考えた。

雨はまだ降りやんではいなかったが、植村を伴い傘を差して蔵前通りへ足を向けた。人通りは多くない。あちらこちらに水たまりができている。それを避けながら歩いた。

札差の戸は閉じられているところもあったが、発布から七日経ち、多くのところでは店を開けていた。廃業をしないのならば、いつまでも店を閉じておくわけにはいかない。店の軒下には、雨にもかかわらず札旦那らしい侍の姿があった。

天王町《てんのう》の大口屋の店の前に出た。大口屋は二万両以上の被害を受けたはずだが、店を開けていた。その店の前で、辻井と出会った。

「いや、どうしたことか」

ここで顔を見るのは意外だった。供を連れず、一人だけだった。

「面目《めんぼく》ない。ちと物入りがござってな」

辻井は頭を掻いた。蔵宿である大口屋へ、金を借りに来たようだ。思いがけない出費が迫ったということか。

「近く本家筋に、祝言がござってな。祝いの品を贈らなくてはなりませぬ」

言い訳のように言った。娘二人を嫁に出すにあたって、金がかかった。しかし本家筋で慶事があれば、知らぬふりはできない。家格に応じた祝いの品を贈らねばならないと続けた。

「物入りが、重なったわけか」

と同情した。辻井は派手な暮らしをしていない。それでも何かあるたびに、予想外の出費が懐を痛めつける。

「棄捐の令が出たばかりで借りるのは、気が引けるところでござるが」

借金がなくなったとはいっても、直参に対して何らかの給付があるわけではなかった。新たに現金が必要になれば、辻井ら直参はまず札差を頼るしかなかった。

ただ札差が大変なのは分かっていた。ご公儀では、今のところ一万両の御下げ金だけで、損失は札差に押し付けたままだった。気が引けると口にした理由はそこにある。

「札差は貸すのか」

辻井は、これから店に入るところだという。

「それが、以前より頼んでおりますが、借りられません」

辻井は昨日も来たらしい。断られたが、どうしてもということで、今日も足を向けてきたようだ。今ならば当然だと思うが、それを口にしたところでどうにもならない。

同道しても良いかと訊くと、かまわないと辻井は答えた。

店の奥では、羽織姿の三十代後半と二十代後半とおぼしい二人が、難しい顔で話をしていた。それが主人の与右衛門と番頭の定蔵《さだぞう》だと、辻井は話した。

与右衛門は派手に遊んでいた人物だと聞いていたが、今見る限りではその面影はなかった。

応対したのは二十歳《はたち》をやや過ぎた手代で、ずんぐりとした体つきで四角張った下駄のような顔をしていた。いかにも押しが強そうな者だ。侍相手の稼業だから、気弱な者では務まらないのかもしれない。

「二両の融通を願いたい。来月の切米を担保にな」

昨日は断られたが、辻井には今日こそはという意気込みがある。しかし手代は、気持ちのこもらない顔で返した。

「ご融通は、できません」

「なぜか。借財はなくなったはずだぞ」

辻井は、二人の娘の祝言でも大口屋から金を借りていた。それ以前の借金もあったなら、棄捐の令発布以前でも借りづらかっただろう。

その借りていた分がなくなるのだから、貸せるのではないかという理屈だ。

「棄捐の令のせいで、お貸しする金子がなくなりました」

冷ややかな口ぶりだ。しかし辻井は食い下がった。

「二両がないわけではあるまい」

「大口屋には、百人ではきかない札旦那があります。一両ずつ貸せと言われたら、首が回りません」

一人に貸したならば、他に貸せないとは言えぬと告げていた。札差は今回の棄捐の令では被害者だから、そう口にされると無理強いはできないだろう。辻井はそれでもとは、押せなかった。

店を出た。

「どうする」

祝いの品を贈るのは来月の下旬だが、それまでに金を用意して品を吟味《ぎんみ》しなくてはならない。相手は本家筋だから、粗末な品は贈れないのである。

「はあ」

失望は大きい。

「何とかいたします」

と言い残して、辻井は去って行った。

札差から借りられないとなると、縁者か町の金貸しを頼らざるを得ない。辻井はしっかり者だから、高利貸しに引っかかることだけはないだろう。二両くらい出してやりたいが、大名家の世子といえども正紀の懐は寂しい。

　さらに歩いていると、戸が立てられた札差の店の前にいる三人の侍に目が行った。その中の一人が、戸を叩いている。切羽《せっぱ》詰まったといった表情だった。

「頼む。話を聞いてくれ」

「伺っても、うちでは融通するお金はございません」

　ここも冷ややかだった。

「困ったものだ」

　侍は肩を落とした。

「借りられなかったのは、拙者もだぞ」

　居合わせた他の者が言った。

「どうしたものか。切米まで、半月以上あるぞ。それまで一切借りられぬとなると、高利の金を借りなくてはならぬ」

「それはまずい。すぐに元のようになってしまうぞ」

「いよいよとなったら、盗みにでも入らなくてはならぬ」

　普段ならば冗談だと受け取れる言葉だが、笑う者や囃す者はいなかった。

「まったくだ」

「すべては定信様のなさった棄捐の令のせいではないか」

門前払いを食わされた札旦那たちは、そう話し合った。

六

昨日中に止むかと思われた雨はそのまま降り続いて、朝になっても屋敷や庭を濡らしていた。四日続きの雨になったのである。一日の役目を終え下城した辻井源四郎は、小石川富坂新町《こいしかわとみさかしんまち》の屋敷には帰らず蔵前通りへ出た。天王町の札差大口屋を訪ねたのである。

ここのところ毎日訪ね二両の借金を頼んでいたが、叶わなかった。今日こそはと思って足を運んだが、貸し渋りは徹底していた。

棄捐の令の前ならば、足繁く通えば「仕方がありませんねえ」となって、融通をしてもらうことができた。しかし今は、梃子《てこ》でも動かない様子だった。

この日応対したのは、番頭の定蔵だった。定蔵は貸し借りについては頑として譲らなかったが、辻井に同情をしたらしかった。

「辻井様には、何か質草はありませんか。お持ちならば、存じ寄りのよい質屋をご紹介しますが」

と言った。

「そうか」

「お持ちいただく品にもよりますが、私の名を出していただければ、悪いようにはしないと存じます」

札差として金は貸せないが、質草がある者には、これまでにも折々口利きをしてきたと付け足した。

「さて、何があるか」

そこで辻井は考えた。これまでも質屋を使ったことはあるが、すぐに金を返すあてもない。なるべくならば家宝のような品は質草にしたくなかった。しかし背に腹は代えられない。

定蔵に教えられた質屋は湯島切通《ゆしまきりどおし》町にある丁子屋忠兵衛《ちょうじやちゅうべえ》の店である。

「おいでになるならば、暮れ六つ（午後六時）の鐘が鳴る少し前くらいがよろしいでしょう。明るいうちは人の出入りがしばしばありますから、客の少ないその頃の方が、じっくり話ができます。事情を話せば、ご入用の金高を貸してくれるかもしれません。

今日にでも、おいでになってはいかがでしょう」

行くならば、小僧を走らせて、辻井が訪ねることを知らせておくと言った。

「ならばそうしよう」

何であれ二両は何とかしなくてはならない。

いったん屋敷へ戻り、丁子屋へ預ける品を選んだ。少し悩んだが、狩野派の絵師が描いた水墨画の軸物を風呂敷に包んだ。家宝にしている軸物で、井上家の和《かず》が鑑定した真作だった。

正国の正室和は、自らも絵筆を握るが、鑑定について鋭い眼力を持っていた。

辻井は衣服を改め、軸物を手にして再び外出をした。質屋へ行くのに供は連れない。湯島切通町にある丁子屋へ一人で向かった。このときには、ようやく雨が止んでいた。まだ空は明るかった。

「おお」

歩きながら、空を見上げた辻井は声を上げた。空に大きな虹が出ていた。しばし立ち止まって眺めた。

「わあっ、きれいな虹だ」

幼い女の子が、声を上げた。長雨で、大人も子どももくさくさしていた。それがようやく止んで、空に虹が架かった。辻井の他にも、立ち止まって見上げている者がいた。

本郷《ほんごう》通りを通り過ぎて、武家地を進むと下り坂になる。彼方に上野《うえの》の山と不忍池《しのばずのいけ》が見える。右手に湯島天神の石垣があって、左手に広がるのが湯島切通町だった。

秋の日は、釣瓶《つるべ》落とし。この頃には、すっかり薄暗くなっていた。

質屋の丁子屋は、すぐに分かった。すでに店は暖簾《のれん》を下ろしていたが、辻井が声をかけると、中から小僧が戸を開いた。

相手をしたのは、主人の忠兵衛だった。初老の小太りで、不愛想《ぶあいそう》な男だ。

「定蔵さんから知らせがあったんで、入っていただきました」

歓迎している口ぶりでないのは分かった。

ともあれ、辻井は持参した狩野派の軸物を見せた。このとき暮れ六つの鐘が鳴った。

忠兵衛はにこりともしない顔で、行燈《あんどん》の明かりに絵を近付けて目を凝らした。

「間違いなく真作ですが、手入れがよろしくありませんな。いくつか傷がついている。小さな虫食いもあります」

難癖をつけ始めた。辻井は代々の家宝の品だから、大事に扱ってきたと伝えた。しかしそれには取り合おうとせずに、忠兵衛がつけた値は一両にも満たない額だった。

「これ以上は、無理でございます」

気持ちのこもらない声で言った。嫌ならば持ち帰ればいいと、目は言っていた。

「足元を見ておるな」

と辻井は思った。札差は金を貸さない。困っているならば、安くても置いてゆくだろうと踏んだのに違いなかった。

その値では、家宝を置いて帰るわけにはいかない。持ち帰ることにした。忠兵衛は、引き止めなかった。

丁子屋を出ると、あたりはすっかり日が落ちていた。持参した提灯《ちょうちん》を手にして、本郷方面への道を歩いた。せっかく定蔵から告げられた刻限に合わせて出向いたのだが、無駄になった。足取りは重かった。

「困ったぞ」

兄の佐名木源三郎に泣きつけば何とかなりそうだが、できるだけそれはしたくなかった。これまでにも世話になったし、小藩の江戸家老の家計もたいへんなのは分かっていた。

金を手にできると思っていたので、失望は大きかった。吹き抜ける風が冷たかった。腹も減っていた。武家地に出る前に、本郷春木《はるき》町の家並みの中を歩いてゆく。その途中で、屋台の蕎麦《そば》屋が店を出していた。

うまそうな出汁《だし》のにおいが鼻をくすぐった。もったいないとも思ったが、蕎麦の代は十六文だ。においに逆らえず近寄った。

「かけ蕎麦をくれ」

「へい」

蕎麦屋は中年の小柄な男だった。屋台の軒下に掛けられた提灯が、その顔と体を照らしている。手慣れた様子で調理をし、丼を差し出した。

辻井は、蕎麦を手繰《たぐ》ってゆく。熱い出汁が腸《はらわた》に染みた。蕎麦もうまかった。瞬く間に食べ終えてしまった。

辻井は代金を払うと、風呂敷に包んだ軸物と提灯を手に、夜の道を歩き始めた。武家地に入ると人通りはなくなり、闇の道となる。そしてそこを過ぎると、本郷通りの明かりが見えてきた。

本郷通りに出る直前で、すれ違うように、用心棒らしい浪人者を伴った一丁の辻駕籠が歩いて来た暗がりの道へ入っていった。

辻井はちらと目をやったが、気に留めることもなく歩みを続けた。

浅草元旅籠町《もとはたごちょう》の札差上野屋茂平治は、暮れ六つの鐘が鳴る頃、本郷三丁目の備中《びっちゅう》屋十左衛門《やじゅうざえもん》の隠居所にいた。備中屋は日本橋西河岸《にしがし》町で仏具屋を営む大店《おおだな》だ。

六十代も半ばを過ぎた十左衛門は、本郷で二回りも若い芸者上がりの女を傍に置いて隠居暮らしをしている。そして豊富な資金をもとに、何軒かの札差に金主として金を貸していた。千両二千両といった単位で金を貸し、高額の利息を取っていた。

上野屋は札差として、堅実な商いをしてきた。札旦那だけでなく、金主として他の札差にも金を貸した。四十五歳の働き盛りでそれなりの利益を得ていたが、大通を気取るような派手な遊びはしなかった。

しかしこの度の棄捐の令で、店は二万四千両もの損失が出ることが分かった。しかしこれは店出入りの札旦那に関わる棄捐の総額で、金主として札差に貸した金はこれには含まれない。

「同業の札差に貸した分は、合わせると一万両ほどになります。これは棄捐の対象にはなりませんが、焦げ付く恐れがあります。そこで厳しい取り立てを行っていますが、うまくいっていません」

「借りた札差も、多額の損失を出しているからな。返すゆとりなど、ないだろう」

十左衛門は、渋い顔で言った。

「棄捐の二万四千両は、もうどうにもなりません。ですが他の札差に金主として出した一万両は、何としても返してもらわなくては、上野屋は立ち行かなくなります」

「まあ、そうだろう」

「そこで近くに迫っている二千両の返済を、しばし待っていただきたく、お願いに参ったわけでして」

茂平治は用件を伝えた。

「仕方がないだろう。上野屋が潰れたら、元も子もないからな」

渋い表情のまま、十左衛門は答えた。備中屋が金を貸している札差は、上野屋だけではない。それらから取りはぐれることを、怖れているのは明らかだ。善意だけで期限を延ばしたのではないと分かるが、それでも茂平治にしてみれば救われた思いだった。

多少の手間はかかっても、同業の札差からの取り立ては迅速《じんそく》に進めるつもりでいた。

「それではこれで」

長居はしない。用が済んだところで、十左衛門の隠居所を出た。

玄関先では、浪人者の用心棒が待っていた。腕利きの者だった。扱う金額は高額で、恨みを持つ者もないわけではない。夜になって、一人歩きをするような無謀な真似は一切していなかった。

　本郷通りはすでに夜のとばりに包まれているが、町明かりはあって、それなりの人通りがあった。茂平治は客待ちをしていた辻駕籠に乗り込んだ。

「湯島天神の脇を抜けて、蔵前通りへやってくれ」

「へい」

　駕籠舁《か》きは、本郷通りから湯島天神へ抜ける暗い道へ入った。用心棒が、これについてくる。

「えいほ」

　先棒に吊るされた提灯が揺れて、駕籠は人気のない道を進んでゆく。掛け声と足音だけが、暗がりの中で響いていた。

　しばらく行ったところで、いきなり駕籠が停まった。掛け声も消えている。駕籠は地べたに下ろされた。茂平治は、垂《たれ》を上げて外に目をやった。

　二間（約三・六メートル）ほど先に、侍が立っている。顔に布を巻いていた。腰の刀は、すでに鯉口《こいぐち》を切っていた。物盗りが現れたのだと察した。

　用心棒の浪人者が、前に出た。合図でもあったかのように、対峙する二人は刀を抜き合った。

「わあっ」

怯えた駕籠舁きは、悲鳴を上げてこの場から逃げ出した。茂平治は、体を震わせながら駕籠から降りた。履物を履くゆとりはなかった。

「やっ」

刀と刀のぶつかる、高い金属音が闇に響いた。用心棒は腕利きだが、襲った方もなかなかの腕前らしかった。

「に、逃げなくては」

一刻も早く、この場から離れなくてはと茂平治は考えた。用心棒が斬られたら、次は自分だ。

震える足を何とか動かして、後ろへ向きを変えた。本郷方面に逃げようとしたのである。しかし数歩行ったところで、足が止まった。目の前にもう一人の侍が現れたのである。

退路を塞がれた。この侍も、顔に布を巻いていた。何も言わずに、刀を抜いた。

「ひいっ」

茂平治は、掠れた悲鳴を上げた。このとき、背後で「うわっ」という声と、骨と肉を裁《た》つ音が聞こえた。続いてばさりと体が地べたに倒れる音もあった。振り向くことはできないが、用心棒が斬られたのだと察しがついた。

「ああ」

絶望の声を上げたとき、前の侍が刀を振り上げ茂平治に躍りかかってきた。

第二章　叢の棼

一

本郷三丁目に住まう岡っ引きの吉次《きちじ》は、夜の五つ（午後八時）近く、晩酌でほろ酔い気分になっていた。そこへ慌てふためいて駆け込んできた者があった。

「ひ、人が斬られました」

青ざめた顔の二人の駕籠舁きだった。怯えた様子を見れば、嘘《うそ》だとは思えない。手にあった杯を置いて、現場に急行した。

闇の中に一丁の駕籠が置き去りになっていて、先棒に吊るされた提灯が、周囲を淡く照らしていた。濃い血のにおいが、あたりに漂っている。

死体は二つあった。刀を握った浪人者と、身なりのいい四十代半ばくらいの年の商人ふうだった。どちらもばっさりと、一刀のもとに斬られていた。

「よほど腕の立つやつの仕業《しわざ》だな」

十九歳で岡っ引き稼業を始めて、十四年になる。その間にいくつもの斬殺死体を目にしたが、一番鮮やかな傷跡だった。

噴き出した血は、まだ固まっていない。提灯の光を跳ね返していた。浪人者が握っていた刀の刀身を検めたが、血はついていなかった。それで一方的に斬られたのだと解釈した。

吉次は死体の懐を検めたが、どちらからも財布は抜かれていた。一応は、物盗りの仕業だと考えられる。死体の身元を知らせるようなものは、なかった。周辺に、落とし物らしい品は見かけなかった。

町奉行所へは知らせを出し、それから駕籠舁きたちから事情を聞いた。

「本郷通りから蔵前通りへ行ってくれと言われて、ここまで来たところで、顔を布で覆った侍が現れました。何者かと訊きもしないで、刀を抜きました」

「一人だけか」

「へい。他には、人はいやせんでした」

「身なりはどうだ。浪人者か、主持ちの者か」

「さあ」

二人は顔を見合わせた。動転していて、見極めることはできなかったようだ。賊と浪人者が刀を抜いた時点で逃げ出していたので、どちらも商人と浪人者が斬られる場面は見ていなかった。

逃げた駕籠舁きは、しばらく間を置いて、恐る恐る駕籠を置き去りにした場所に戻った。そこで死体を発見して、吉次のもとへ駆け込んだのである。

すでに深夜といってよい刻限になっていた。聞き込みをしたいが、闇の武家地だ。周辺での聞き込みは不可能だった。

翌朝、月番の北町奉行所から検死の同心がやって来た。それで死体を、とりあえず本郷三丁目の自身番《じしんばん》に移した。一晩中、死体は吉次の手先が交代で見張っていた。

吉次は、駕籠が客を乗せた本郷界隈で聞き込みをした。被害者の身元を明らかにしなくてはならない。

すると「あるいは」と申し出た者がいた。日本橋にある仏具屋の隠居で、備中屋十左衛門という老人だった。

早速、顔を見せた。

「おおっ、これは」

十左衛門は驚きを声にした。昨夜家に訪ねてきた、札差の上野屋茂平治だと証言した。もう一人の浪人者は、その用心棒に他ならない。用談を済ませると、茂平治は長居はせずに引き上げたとか。

備中屋を出てすぐに辻駕籠を拾ったとすれば、駕籠舁きの話と合う。

吉次は早速、浅草元旅籠町の札差上野屋へ知らせを出した。すると茂平治の女房と若旦那茂太郎《しげたろう》が駆けつけてきた。

昨日のうちに捜したかったが、茂太郎も番頭も金策で帰りが遅かった。話を聞いて案じたが、そのときはすでに町木戸が閉まる刻限になっていたと、茂太郎は言った。今朝になっても戻らないので、備中屋へ様子を聞きに行こうとしていた矢先だそうな。

念のため備中屋を訪ねた理由を聞いた。

「はい。うちの店では、備中屋さんからお金を借りていました。返済の時期が迫っていたので、先延ばしさせてもらえないかと頼みに行きました」

これは、十左衛門から聞いた話と重なった。

「所持金は、どれほどあったのか」

「はっきりは分かりませんが、五両や六両は持っていたのでは」

茂太郎が答えた。吉次にとっては大金だが、札差の主人ならば持っていて不思議ではない額だと思われた。

　ここまでの話で分かることは、駕籠舁きの証言から、賊は覆面の侍一人だという点だけだった。懐の財布は抜かれていたが、単なる物盗りの仕業だとは断定できない。物盗りと思わせるために、財布を抜くこともあるだろう。

「茂平治は、誰かに恨まれているか」

　怨恨の線は確かめておかなくてはならなかった。

「金貸しをしていれば、場合によっては厳しい取り立てをすることもあります。恨んでいる者がいないと言えば、嘘になります」

　茂太郎が答えた。さらに今は、棄捐の令の差し響きのため貸し付けをしていないので、腹を立てた者もいるかもしれないと付け足した。

「あえて挙げるとすれば、どのような者がいるのかね」

「そうですね、掛江房之助《かけえふさのすけ》様などでしょうか」

　しばし考え込んでから、名を挙げた。

　掛江というのは上野屋の元札旦那で、無役小普請組で家禄百九十俵の家だったが、代々の借金が重なって四年前に直参の株を手放さなければならなくなった。上野屋からの借金がまずあって、それに町の高利貸しから借りた金が多額の利息を生んだ。

「私どもは融通をしただけで、恨まれるのは筋違いだと存じます。しかし金高が大きくなると、理不尽にも私どもを恨みます」

不満げな口調で言った。すでに浪人の身となったので、居場所は分からない。茂太郎は、他にも何人か恨んでいるとおぼしい者の名を挙げた。

まずは恨んでいる元札旦那や、金を借りられなかった今の札旦那を考えるのが自然だ。けれども茂平治とは知らず、ただ金持ちらしいと目をつけて襲ったとなれば、探索の範囲は広くなる。

遺体を上野屋へ引き取らせた後、吉次は改めて目撃者や手掛かりがないか手先と手分けして聞き込みをした。本郷通りでは、不審な浪人者が歩いているのを見たという者がいたが、あてにはならなかった。不審な浪人者など、江戸中どこにでもいる。

本郷通りから湯島切通町に通じる道へ、入ってゆく姿を見かけていなくてはならない。あるいは出てきた者でもよかった。出てきた者ならば、返り血を浴びていただろう。しかしそういう都合のいい目撃証言は得られなかった。

聞き込みは本郷通りだけでなく、犯行現場の湯島切通町への通り道である本郷春木町でも行った。すると思いがけないことを口にした者がいた。その町の通りで、蕎麦の屋台店を出している惣吉《そうきち》という者である。

「昨夜の六つ半（午後七時）近くに、主持ちのお侍が通りかかって、蕎麦を食べていきました」

湯島切通町の方からやって来て、食べ終わると殺害現場の本郷通りの方へ歩いて行ったそうな。それだけのことだが、襲撃の刻限と一致する。

手には提灯と風呂敷に包んだ細長いものを持っていたとか。

「それは何か」

吉次は考えた。匕首《あいくち》や脇差のようなものではあるまい。武家が擂粉木《すりこぎ》を風呂敷に包んで持つとも考えられなかった。

ともあれ侍が歩いて来た湯島切通町方面で聞き込みをすることにした。

商家だけでなく、しもた屋でも問いかけをした。

「暮れ六つの鐘が鳴った後ならば、もう店は閉じていましたからね」

商家ではそう返された。

「その刻限には、家にいましたよ」

しもた屋でも、細長い風呂敷包みを持った侍を見かけたと言う者はいなかった。そして町の端にあった、丁子屋という質屋へ入った。ここでも同じことを尋ねた。

「昨日の暮れ六つ頃ならば、お侍が狩野派の絵の軸物を持ってお見えになりましたよ」

「そ、そうかい」

主人の言葉を聞いて、吉次は腹の底がじんと熱くなった。

「どんなお侍だったのかね」

「ご直参で、辻井源四郎様という方です」

ぜひ二両借りたいと言ってやって来たが、絵の手入れが良くなくて求められた金子は貸せなかったと付け足した。札差大口屋の番頭定蔵から紹介された客だという。やって来たのは、昨日が初めてだった。

「ならば辻井という侍は、金が欲しかったわけだな」

吉次は呟いた。

「住まいがどこか分かるか」

「詳しいことは存じません。ただ小石川の方だとは、おっしゃっていました」

「小石川だと」

ならば本郷通りの方向へ帰ったことになる。これで上野屋茂平治殺害の下手人と決めつけるのは早計だが、本郷春木町で蕎麦を食べたのは辻井なる侍だろうと見当はついた。

二

下総高岡の国許から、書状が届いた。中老の河島一郎太《かわしまいちろうた》が、江戸家老の佐名木に宛てたものである。公文書とは別に、領内の出来事を伝える私信だった。

正紀は正国と共に、その書状を読んだ佐名木から報告を受けた。

「稲の刈り入れが、無事に済んだとのことでございます」

「それは何よりだ」

正国が笑みを湛えて答えた。藩にとっては、何よりも大事なことだ。

「次は高岡河岸の新たな納屋の敷地についてでございますが、これも順調に地ならしが進んでおります」

「うむ。念入りにやるように申せ」

「ははっ」

川べりの土地は緩いので、堅牢《けんろう》な土留《どど》めが必要だ。土崩れなどがあって建物が傾いては、預かった荷を守れなくなる。激流に建物ごと流されてはたまらない。

せっかく認められつつある高岡河岸の利用価値が、一つの水害で泡と消える。そうはさせないというのが、藩士一同の気持ちだった。

「材木の代金の方は、抜かりないな」

厳しい財政難にある高岡藩としては、何よりもこれが難しい。尾張徳川家生まれの正国は、金銭の支出に目を向けないところがあったが、だいぶ変わってきた。大坂定番《おおさかじようばん》の役目を終えて、江戸の上屋敷暮らしになり、日々勘定方の苦労を目の当たりにするようになった。正紀と佐名木も、事あるごとに、藩の苦境を伝えるようにしていた。

「八幡屋とは、話がついております」

正紀が答えた。日本橋平松町の蠟燭問屋八幡屋から、材木代の五十両を借りることになっていた。塩問屋桜井屋長兵衛の口利きで、八幡屋主人の四郎兵衛は協力的だった。正紀と勘定頭の井尻が会って、話を進めていた。

「材木は河島の指図《さしず》を受けた普請方が、利根川河畔で選んでおります。前金十両も入れました」

「ほう。そんな金があったのか」

正国は少し驚いた顔になった。

「八幡屋から入ることを見越して支払いました。来月末に返済をするつもりだった金子です」

　やり繰りをしての運用だが、年内に建物を完成させたかった。雪でも降れば、工事が遅れる。来月の半ばには、八幡屋からの入金があると知らされていた。

「問題は、新たな納屋を利用する商家や船問屋の開拓です」

　正紀は新規の顧客を増やすことに気持ちを向けていた。高岡河岸の地の利を理解してもらえれば利用も増え、利益を出せるようになる。そうなれば八幡屋へは、利息だけでなく元金も返済できるようになる。

「うむ。それに励むがよかろう」

　正国も、質素倹約だけでは財政難を克服できないと考えている。高岡河岸は、藩の欠かせない事業になっていた。利根川に接した領地は、地形から水害を受けやすく新田開発がしにくかった。目立つ産物もなかった。高岡河岸へ気持ちを向けざるを得ないのだ。

　正国が再び何か重い役に就けば、河岸場経営の追い風になる。しかし今は、できることをするしかなかった。

　そして最後に、佐名木は気になる一文を読み上げた。

『江戸の棄捐の令の噂　高岡領内にも伝わりて候《そうろう》』

陣屋内では、誰もが話題にしているという。そして一部の下級藩士の間では、高岡藩でも領内の商家に借金の帳消しを命じてほしいという声があることも伝えてきていた。

「厄介な話だな」

と正国。端整な面差しが一瞬歪んだ。

正紀と国許の藩士との関係は、一揆の折の対応などで悪くない。それでも藩士の暮らしが苦しいのは確かだから、棄捐を求める声が上がるだろうとは見当がついた。

「河島が、棄捐の令には弊害もあることを伝えておりまする」

佐名木は書状を読み終えた。

「話が大きくならなければよいが」

正国は、危惧を抱いているようだ。江戸藩邸内でも、同じ声はあった。

「はい。河島は、抑えてゆくと書いております」

佐名木が応じた。

「これは、当家だけのことではない。他家にもあるぞ」

正国は、登城はなくなったが、二日に一度は尾張藩上屋敷に顔を出していた。その折に入る情報だ。

「そもそも棄捐の令は、悪しき令として後世に残るであろう。しかしな、その場しのぎにはなっている。化けの皮は剝がれてきているが、直参の中には、まだ定信殿を讃える声は少なくない」

「さようでしょうね」

借金がなくなれば、肩の荷が軽くなる。棄捐の令が該当しない各藩の者は、垂涎《すいぜん》の思いで目を向けているだろう。

「しかしそのうちに、定信は怨嗟の声に包まれるぞ」

正国も宗睦も、定信を買ってはいない。一時しのぎの政策をしたに過ぎないと見ている。

「信明様は、どのようにお考えなのでしょうか」

正紀が気になるところだ。

「あれは策士だぞ。献策に関わってはいたが、己は一切、表に出ぬようにしている」

定信の考え方に共鳴する部分があって与《くみ》しているから、敵対することはない。しかし一枚岩ではないと感じる。

「他の幕閣も、今は様子を見ておる。棄捐の令が失策だったと明らかになれば、一線を引く者は多かろう」

将軍家斉が進めたい尊号の一件も、定信の反対でとん挫しようとしていた。老中首座として、実権がある。しかしそれは、あくまでも今の話だ。

はいはいをするようになった孝姫の行動範囲は、一気に広くなった。部屋の中を、かまわず動き回る。花器を見つければ、近寄って倒す。あるいは花を摑んで、畳に投げる。

したがって京の部屋には、花は飾っていない。乳母に預けることもあるが、京はできるだけ自分で育てたいと考えていた。

正紀が部屋へ入ると、幼子は体ごとぶつかってくる。誰か分かるのだと思うと、正紀は嬉しかった。

「よしよし」

と抱き上げる。すると喜ぶが、いつまでも抱かれているわけではない。新たな関心を抱いたものに向かいたがる。孝姫は忙しい。

その様子を見ながら、正紀は京に、その日に耳にしたことを伝えた。

「札差たちは、いよいよ貸し渋りを始めたわけですね」

「そうだ。棄捐の令以来、一度も店を開けない札差もあるそうだ」

青山に見に行かせると、札差株を手放した者がいるという話を聞いてきた。

「来月の切米までは、まだ半月ありますね。家計が厳しいご直参では、つらいでしょうね」

「もちろんだ」

「どうしてもお金が入用だったら、どうするのでしょう」

京には市井《しせい》の暮らしが、よく分からない。

「質屋へ行くか、町の金貸しを当たるしかあるまい」

言った後で、正紀は質屋の説明をしてやる。

「借りられるのですか」

「足元を見られているからな、利息を吹っかけられるだろう」

「それではすぐに、棄捐の令の前のようになってしまうのではないですか」

案じ顔になった。これもこの施策の問題点だ。

「いかにも。金貸しは直参だけでなく、他の者に対しても利率を上げたり貸し渋ったりするやもしれぬ」

求める者が多ければ、貸し手はここぞとばかり、さらなる利を得ようとするだろう。

そう考えたところで、頭に八幡屋四郎兵衛の顔が浮かんだ。

「何を考えているのか」

四郎兵衛も商人だ。善意だけで金を貸しているわけではない。そう考えたとき、孝姫がつかまり立ちをした。いかにも危なっかしいが、本人は何か言いながら夢中だった。

「おおっ」

正紀の頭にあったことが、それで吹っ飛んだ。

「まあ」

京も息を呑んだ。

孝姫は、つかまり立ちをしただけでは満足しない様子だ。歩こうとしている。ただ体がぐらついて、手を離すことができない。

「しっかりしろ」

正紀は、声を上げた。

その声が聞こえたかどうかは分からないが、孝姫は手を離した。足を踏み出そうとしたところで、体の均衡《きんこう》を崩して転んだ。

「わあ」

大きな泣き声を上げた。

三

四日続きの雨が止んでほっとしたのもつかの間、翌日にはまた雨が降り始めた。風もあって、九月も数日で終わるというのに、野分《のわき》の嵐を思わせる空模様となった。

「厄介な空だな」

つい愚痴《ぐち》が出たが、岡っ引きの吉次は蓑笠《みのかさ》をつけて家を出た。

札差と用心棒が殺され、五両ほどの金が奪われた事件である。捨て置くわけにはいかなかった。

ようやく下手人と思しき男が浮かんだ。相手は直参旗本だ。吉次にしてみたら、雲の上の存在だ。いい加減なことでは、問いかけるわけにもいかない。証拠固めをしなくてはならなかった。

間を開けては機会を逃してしまう。荒天でも気持ちを奮い立たせた。上野屋の跡取り茂太郎から名の挙がった、元札旦那の掛江房之助も気になったが、まずは辻井源四郎を洗うつもりだった。

風雨を突いて出向いたのは、湯島切通町の質屋丁子屋だった。改めて主人の忠兵衛に、詳細を訊き直した。

「お金が欲しかったのは、間違いないと思います。店を閉じた後でしたが、大口屋さんからの知らせを受けていましたので、話だけは伺うことにいたしました」

忠兵衛は問いかけにそう答えた。

定蔵は、貸し金がかさんでこれまで以上に金を貸すことができなくなった札旦那に、丁子屋を紹介した。商いが成り立ったところで礼金を払うことで、互いに利を得てきた。客を紹介し謝礼を出すことは、違法とは言えない。

「辻井様とは、一昨日の夜に一度お目にかかっただけですので、他のことは存じません」

と告げられたら、他に問いかけようはなかった。

次に本郷春木町で屋台の蕎麦屋を出していた、惣吉の長屋へ行った。風雨があって、屋台店は出せない。腰高障子《こしだかしょうじ》を開けると、さえない顔をした中年の親仁が顔を向けた。

あの夜、蕎麦を食べた侍について尋ねた。

「蕎麦を食べていたとき、変わった様子はありませんでした。ただ面白くないことがあった様子で、たまにため息を吐いていました」

これから殺しも厭《いと》わず、辻強盗をしようとしている者には見えなかったという。しかし食べ終えた後に、犯行現場の本郷方面へ歩いて行ったのは間違いないと証言した。

それから吉次は札差の大口屋へ行き、番頭の定蔵と会った。

「お疲れ様でございます」

と定蔵は丁寧な挨拶をした。上野屋茂平治が殺害された件については、もちろん知っていた。札差の間では、穏やかではない気持ちで噂をしただろう。

「辻井様ですか」

名を挙げたとき、定蔵はすこしばかり驚いたふうを見せたが、何かを問いかけてくることはなく、そのまま言葉を続けた。

「はい。間違いなく、うちの札旦那です。御用をいただいているご直参の中では、一番のご高禄です」

もちろん御目見だ。御表御祐筆組頭を務めているという。

そういう身分の者が、札差を殺して金を奪うかと考えると違うような気もした。しかし、金は魔物だ。

「前から、貸してほしいと言ってきていたわけだな」

辻井は本家筋の慶事のため、二両の借金を請うていた。少し前には娘の婚礼があって、そのために貸した。その前からの貸しがあったので、貸し金の初めは棄捐の対象になる五年以上も前のものだった。

「うちは棄捐の令で、とんでもない損失を出しています。貸すゆとりなど、あるわけがありません。仮に誰か一人に無理をして貸せば、こちらにも貸せと騒ぎになります」

定蔵が口にする言葉の意味は、吉次にも理解できた。

「そりゃあそうだろうな」

「ですから質草があるならばと、丁子屋の話をいたしました。辻井様だけでなく、お望みの札旦那には同様のご案内をしていました」

ただ紹介をした後に悶着があっても、大口屋の与り知らぬことだ。辻井も、何も言ってこなかったとか。

「お金の御用は、済んだと考えておりました」

「ううん」

吉次は思案《しあん》した。定蔵が言う通り、金の用が済んだとなると、かえって問題だ。奪われた金が役に立ったのかもしれない。

ならば直に本人に問い質したいところだが、相手は御目見のご直参だ。万一訊き方を間違えたら、こちらの身が危うくなる。もう少し調べてからにすることにした。

「辻井様は、上野屋茂平治を知っているのかね」

「さあ、どうでしょう。ただ上野屋さんは老舗ですから、名や顔くらいは知っているのではないでしょうか」

何ともとらえどころのない返答だった。そこで辻井と親しかった、大口屋の札旦那について名を挙げてもらった。

「さあ」

店では親しそうにしていても、それだけの間柄かもしれない。詳しいことは分からないがとした上で、迫田寛五郎と川崎喜八という二人の札旦那の名を挙げた。

迫田は無役小普請組で家禄は百五十俵の家だった。川崎は家禄七十俵五人扶持の徒士衆だとか。どちらも金を借りに来る中で知り合い、店先でよく話をしていたと定蔵は言った。二人の屋敷の場所を聞いた。

吉次はまず、川崎が住まう下谷御切手町《したやおきって》に近い徒士衆の組屋敷へ行った。

「これか」

建物の前に立って、吉次はため息を吐いた。傾いたような古い屋敷だった。手入れもなされていない。同じような規模の屋敷が並ぶ中で、ひと際貧相なたたずまいだった。

「御免なさいませ」

恐る恐る声をかけると、現れたのは妻女ではなく、四十代半ばといった歳の背丈五尺数寸のずんぐりとした体軀《たいく》の男だった。尋ねると、主人の喜八だと分かった。

「辻井源四郎様をご存じで」

「大口屋の店先では何度も会った。会えば立ち話くらいはしたが、詳しいことは存ぜぬ」

と返された。

「どのような話を、なさいましたので」

「札差はけしからぬという話だ。我ら直参から利息を搾り取り、贅沢な暮らしをしている」

「まあ」

「棄捐の令が出て苦しむのは、身から出た銹《さび》というものだ」

直参の蔵米取りは、おおむね札差を恨んでいるが、辻井もその一人なのだ。

「惨殺された上野屋茂平治について、何か話していませんでしたか」

「さあ。棄捐の令があってからは、会ってはおらぬ。いずれにしても、上野屋なる札差も、阿漕な金貸しだったということではないのか」

と言った。

次に吉次は、本所御竹蔵《ほんじょおたけぐら》の東にある迫田の屋敷へ行った。晴れていればどうということもない道のりだが、風雨なので難渋した。蓑笠をつけていても、すでに濡れ鼠《ねずみ》になっていた。

迫田の屋敷は川崎とは家禄も違うので、敷地はだいぶ広かった。しかし古臭さや手入れがなされていない様子は、たいして変わらなかった。

ただ風雨にもかかわらず、玄関先に訪問者の姿があった。線香のにおいもした。玄関から出てきた侍に訊くと、迫田の妻女郷《さと》が、昨日の未明に亡くなったというのだった。

「本来ならば今日が葬儀だが、風雨でできなかった」

と告げられた。茂平治殺害があった翌朝に、亡くなったことになる。

ともあれ、吉次は迫田に会った。歳の頃は三十代後半で長身痩軀《そうく》、憔悴《しょうすい》している様子だった。お悔やみを伝え、焼香をした。それから迫田に、辻井のことを尋ねた。

「いかにも、辻井様には親しくしていただいた」

迫田は吉次の問いかけに、そう返して続けた。

「実は今朝、辻井様のお屋敷へ行った。郷が亡くなったことを伝えたのだ。気遣ってくだされていたからな」

大口屋の店の前で、妻女の病状や、薬礼《やくれい》がかかることについて、度々話をしたことがあったらしい。

「それで、何と」

「お悔やみの言葉と、香典を頂戴いたした」

「ご無礼ながら、いかほどで」

答えなければそれで仕方がないし、叱られれば謝るだけだと腹をくくっての問いかけだった。

迫田はやや躊躇ってから、口を開いた。

「銀三十匁でござった」

「へえ」

これには仰天した。一両の約二分の一である。

金に困って札差へ通い、借りられず質屋の丁字屋へ行って、そこでも断られた。そんな辻井が、高額の香典を包んだ。聞くだけでは辻井と迫田がどんな繋がりかは分からないが、納得のいかない話だった。

すっかり消えていた。

「やはり怪しいぞ」

辻井を疑う気持ちが強くなった。風雨の中、調べに歩いた甲斐《かい》があった。

この時点で、それまで吉次の頭の隅にあった掛江房之助やそのほかの名については、すっかり消えていた。

四

屋敷内の雨戸は、朝から閉じたままになっている。薄暗い部屋の中で、正紀は激しい風雨の音を聞いていた。

「高岡河岸は、どうなっているか」

長雨に続き、大雨があるといつも気になった。今ある三棟の納屋は、いずれも建って間のないもので、頑丈な造りになっている。しかし建物の性質上、川に接した地盤が緩い土手にあった。

利根川は暴れ川だから、かつては命懸けで護岸の杭打ちをしたことがある。三年以上も前のことだが、あの折の激流の咆哮《ほうこう》とうねりの怖ろしさは体の芯に残っていた。

三棟の納屋の見張り番は、若い下級藩士の橋本利之助《はしもとりのすけ》という者が当たっていた。納屋を守るために尽力して、賊に討たれた兄の遺志を継いだ。船着場と納屋の管理や運営が主な仕事だった。

信頼の置ける家臣である。橋本も熱心だが、村の者たちの河岸場への期待と力添えも大きかった。河岸場ができたことで、荷運びや納屋番などの仕事が生まれた。村人は駄賃を得られるようになって、納屋のありがたみを知った。

橋本と力を合わせて、河岸場を守り盛り上げようとしていた。だから四棟目の納屋を建てることは、藩だけでなく村人たちの悲願でもあった。

材木の代金は、すでに払った前金十両の他、残金四十両は、八幡屋からの入金があり次第材木屋の常総屋《じょうそうや》へ手渡す段取りになっていた。

「順調に進んでおります」

井尻が言った。

翌日は九月二十七日、風は収まったが雨は止まなかった。暦の上ではすでに冬だが、それを告げるように冷たい雨になっている。孝姫に風邪を引かせないようにと、京は気を配っていた。

正紀は自らの御座所で、年貢の徴税に関する文書に目を通していた。この時期には、欠かせない作業になっている。

そこへ八幡屋の主人四郎兵衛が訪ねてきたと知らせが入った。訪ねてきた相手は井尻だったが、正紀も会うことにした。

貸し金を持参してきたのならばそれでいいが、それならば事前に知らせがあるはずだった。嫌な予感がした。

勘定方の執務部屋脇にある部屋で、正紀と井尻を含めた三人で向かい合った。四郎兵衛は、いつになく強張《こわば》った表情だった。

「実は御用立てをするはずだった金子でございますが、諸般の事情でできなくなりましてございます」

きっぱりとした口調だった。このために、冷たい雨の中を出てきたのだと察した。

「ええっ」

驚きの声を上げたのは、井尻だ。

「なぜ、そうなったのか」

正紀が問いかけた。諸般の事情というだけでは、納得がいかない。あてにしていた金子である。

「棄捐の令の発布によって、事情が変わりましてございます」

「どう変わったのか。八幡屋は札差ではなく、蠟燭問屋ではないか」

「畏れ入ります。ただ商家の間では、金が回らなくなりました。貸し渋りが、札差ではない他の金貸しにも及んでおります」

八幡屋が高岡藩に貸すための金は、自前のものではなく金主から借りて回すつもりだった。それができなくなったという話である。

「困るではないか。約定《やくじよう》を違《たが》えたことになるぞ」

井尻が震える声で言った。用意していた貸借の証文を広げて見せた。同じものを二通作り、高岡藩と八幡屋で一通ずつ持っている。

四郎兵衛はその書類に目を通してから、懐に手を差し込んだ。そして袱紗《ふくさ》に包んだ小さなものを取り出した。畳の上に置いて広げると、二両と銀三十匁が出てきた。

「違約金でございます。これをお払いすれば、約定は守られたことになります」

四郎兵衛は、証文に記されている文字の一部を指差しながら言った。契約解除に関する部分だ。正紀は目をやった。前に目を通しているが、改めて読み直した。

違約金を出せば解約は可能という約定だった。金額は十月になると二割だが、九月中ならば五分となっている。すなわち今日ならば、二両半となる。四郎兵衛の表情は硬いが、怯んではいなかった。

雨の中をわざわざやって来たのは、契約解除を二両半で済ませるつもりだったからだ。

「し、しかし」

井尻が呻き声を上げた。八幡屋は二両半の損失で済むが、それ以上に困るのは高岡藩の方だった。

「藪《やぶ》から棒の話ではないか」

正紀は言った。約定は違えていないが、気持ちとしては治まらない。

「私どもも、棄捐の令など考えもいたしませんでした。いきなりのことで、仰天いたしました」

四郎兵衛は胸を張って答えた。責めるならば、ご公儀を責めろとでも言いたそうだった。

「金子の受取証をいただきたく存じます」

あくまでも正式な商いとして、対応を求めていた。

「ううむ」

無念だが、どうしようもない。首を縦に振るしかなかった。八幡屋は受取証を手にすると、早々に引き上げていった。

「いかがいたしましょう」

青ざめた顔で井尻が言った。向かい合った正紀との間に、材木商いの常総屋と交わした納屋の材木の売買に関する証文を井尻は置いた。

井尻はこの証文があるから、八幡屋の申し出におののいたのだ。

仕入れた材木の解約はできる。高岡藩としては、金が借りられなくなった以上、解約をしなくてはならなかった。納屋の新築は、金を借りられてこその話だ。

しかし常総屋との契約には、問題があった。すでに前金として十両を払っているが、高岡藩から解約を求める場合は、前金は戻らないという約定になっていた。

「このようなことになるとは……」

井尻は途方に暮れている。

前金として常総屋に払った十両は、他の借金の返済に充てるものだった。期限は十月末で、八幡屋から借りられる前提で用意していたものを回したのだ。もしこれを返さないとなると、違約金を取られる。また余分な利息を払い続けなくてはならない。回復しかけていた藩財政を圧迫するのは、目に見えていた。

「抜かったな」

八幡屋との借用証文については、正紀も事前に目を通していた。しかしこんな流れになるとは、予想もしなかった。

棄捐の令が、高岡藩に大きな影響を及ぼしてきた。

「材木の残金の支払期限は、十月末日だな」

「さようで」

それまでには、どこかで五十両を借りなくてはならない。今の高岡藩では、たとえ十両でも無駄にすることはできなかった。

「ともあれ、当たってみよう」

他に手立てはなかった。

五

雨は止まない。しかしじっとしてはいられなかった。正紀は傘を差し、植村を伴って高岡藩邸を出た。

まず足を向けたのは、京橋《きょうばし》の諸色問屋《しょしきどんや》である。裏で大名貸しをしている店で、八幡屋が貸さなければ行こうと思っていた。大店が並ぶ界隈でも、老舗らしい風格が目を引く店構えだった。

藩の名と身分や名を告げた上で、面談を求めた。相手をしたのは、中年の番頭だった。

「棄捐の令が出る前ならばともかく、今は無理です」

番頭は、怒《はら》りを孕んだ口調で言った。とはいえ、正紀に怒りを向けているわけではなかった。対応は丁寧だった。

「当家では返済は間違いなくするぞ」

正紀は粘ってみた。駄目と言われて、すぐに引き下がるつもりはない。

「そうかもしれませんが……。お旗本や御家人とは別に、お大名に対する棄捐の令が出たらどうなりましょうか。額も大きくなりますから、こちらはたまったものではございません」

怖れる口調だった。

「いや、それはないであろう」

「分かりません。ご直参への棄捐の令も、ないと思っていました」

こう言われると強くは押せない。番頭は無礼な態度こそ取らなかったが、借り入れについては話にならなかった。

「札差のようには、なりたくありません。お陰でうちの商いまで、やりにくくなりました」

恨みの声だった。

あきらめた正紀と植村は、他の店へ行った。四軒の敷居を跨いだが、すべて同じ対応だった。棄捐の令の余波の大きさを、改めて膚《はだ》で感じた。

こうなると、いきなり訪ねてもどうにもならないと悟った。門前払いをされることはなくても、借りられなければ意味がない。

そこで親しい者から助言を得ることにした。行ったのは、霊岸島富島町《れいがんじまとみじま》の塩問屋桜井屋だった。本店《ほんだな》は下総行徳にあり、ここは江戸店だった。西国から仕入れた下り塩を、行徳を経由して江戸川や利根川の流域の地廻《じまわ》り問屋に売る。また高岡河岸には桜井屋の持ち物である納屋があって、藩では運上金と冥加金を受け取っていた。

正紀が昵懇にしている隠居の長兵衛は留守で、倅《せがれ》の長左衛門《ちようざえもん》が店にいた。

「これは正紀様」

長左衛門は慇懃《いんぎん》に正紀を迎えたが、長兵衛のような気心の知れた間柄ではなかった。

それでも乾いた手拭いを何枚も出して、濡れた足を拭くように計らった。正紀にだけでなく、植村にも配慮をしてくれた。

「力を貸してもらいたい」

　正紀は高岡藩の苦境と、回ってきた店の反応を伝え、融通をしてくれそうな店があるならば、紹介してほしいと願った。

　すると長左衛門は、迷う様子もなく返した。

「うちでも、金を貸してくれと頼まれたら、同じ理由で断ります。特にお武家様やお武家様の御用を受ける商人ならばなおさらです」

「なるほど。嫌われたものだな」

　つい愚痴めいた言い方になった。

「嫌ったのではありません」

　長左衛門は、正紀の言い方に不満を持ったらしかった。正紀に言い聞かせるような口ぶりで続けた。

「棄捐の令によって、お武家様は、貸し金をご返済くださるという信頼をなくしたのです」

「ううむ」

　長左衛門の言葉は、胸に突き刺さった。令を発した定信は、苦境にあえぐ小旗本や御家人を救ったつもりでいる。しかしその代償に、商人との間にあった信用を失ったと長左衛門は言っていた。

「ご公儀は上からの力で、商人の命である金を奪いました」

桜井屋は、具体的な損害は受けていないはずだった。しかしそれでも腹を立ててい
た。商人を侮《あなど》る政策だと、長左衛門は訴えている。

「金子の融通をする商人はないでしょう」

長左衛門は言った。

「そうか」

ここまで言われたら、それでもとは言えない。

正紀と植村は、次に深川の船問屋濱口屋へ行った。ここも高岡河岸に納屋を置く店
である。

主人の幸右衛門と面談した。正紀は奥の部屋へ通された。熱い茶と菓子が運ばれた。

冷たい雨に濡れていたから、熱い茶はありがたかった。

「お主が言っていたとおり、棄捐の令以来、江戸は金の回りが悪くなったようだな」

正紀はいきなりは藩の苦境は訴えず、商い全体を話題にした。幸右衛門は、深く頷
いた。

「棄捐の令の余波は、徐々に大きくなっております」

厳しい状況なのは、今日回っただけでも身に染みた。幸右衛門は続けた。

「定信様は、商いを重んじた田沼様を毛嫌いなさっていました。それが棄捐の令に繋がっています」

「まあ、そうであろうな」

「質素倹約と、農を重んじる。農は大事ですが、商なくしては何も動きませぬ。定信様は、そこがお分かりではありません」

正紀も同じ考えだった。

「直参を救うことが、一番であったのであろう」

「しかしそれでは済まないことを、これからじわじわと思い知らされることと存じます」

定信への怒りは、大きいようだ。

返答ができないでいると、幸右衛門は続けた。

「これからしばらく、ほぼすべての品の動きは鈍くなります。商いが回らなくなるわけですから、当然です」

そう告げられて、正紀ははっとした。

「では高岡河岸を使う者も、少なくなるわけか」

これは衝撃だった。新築をして、さらに多くの荷を置いてもらおうと目論《もくろ》んでいた矢先である。

「品の量が減れば、当然そうなりましょう」

「ううむ」

金を借りられないだけでは済まなそうだった。幸右衛門はここで、わずかに迷うふうを見せたが、腹を決めたように口を開いた。

「高岡河岸に新たに納屋を建てるのは、お止めになった方がよろしいのでは」

幸右衛門には納屋新築の話を前にしておいた。

「建てても、利を得られぬわけだな」

「少なくとも今、金をかける意味はないと存じます」

投資をする時期ではないと言っていた。

「しかしな」

正紀は腕組みをした。幸右衛門が口にする意味は理解できるが、頷くことはできなかった。

「このままでは、十両を溝《どぶ》に捨てることになる」

胸の内で呟いた。悔しいが一万石の小藩では、この金がじわじわと首を絞めてくる。たいへんでも、進めるしかないという考えだ。どのような時世になろうと、船による輸送の荷がなくなるとは思えない。

「実はな、納屋新築のための金が借りられなくなった」

ここで正紀は白状した。幸右衛門が貸すとは考えていない。しかしせめて、どこかの商人に口利きをしてもらえないか、期待して言ってみた。

「できません」

あっさりとした返事だった。そのまま続けた。

「正紀様だからではありません。すべてのお武家様に対してです。貸さねば斬るぞと言われたら、骨のある商人ならば斬られる方を選ぶでしょう」

ここまで言われたら、引き下がるしかなかった。

六

降り続いた雨が止んだ三日後、十月になった。晴れても、風は冷たかった。気がつくと町の樹木が、一気に色を深めていた。

岡っ引きの吉次は、上野屋茂平治殺しの現場に立った。ここへは何度も足を運んでいるが、晴れたところで、改めて状況を見ようと考えていた。長雨で道はぬかるんでいたが、雨が降っていないだけ幸いだった。

殺害があったのは九月二十四日の夜で、それからまだ十日も経っていない。吉次はこの日から股引《ももひき》を穿いた。

武家地の道で、人通りは少ない。道の両端は、濡れ落ち葉に覆われている。叢《くさむら》も、色を変えていた。

用心棒も茂平治も、一刀のもとに斬られていた。しかし用心棒の方は、抗うこともなく斬られたとは思えない。争いがあったならば、遺留物があるのではないか。そう考えて、改めて探してみることにした。犯行直後にも検めたが、見落としがあったかもしれない。

吉次は下手人として、旗本の辻井源四郎を頭に置いている。しかし町奉行所や目付のところへ訴えるほどの証拠は得ていなかった。相手が御目見以上の旗本だから、慎重の上にも慎重を期していたのである。

道端にしゃがんで、濡れた落ち葉を一枚ずつ手でどけた。このところの風雨のせいで、落ち葉の量は増えていた。

手は泥で汚れるが、かまっていられない。叢にも手を入れる。草の先端にある滴に光が当たって、きらと輝いた。

丁寧に見ていくと、なかなか進まない。袖が滴で濡れた。指先に触れるのは木切れや石ころで、たまに陶器の欠片があるくらいだった。

「せめて端切《はぎ》れくらいは落ちてないか」

と思うがそれもない。端切れがあれば、その模様から持ち主を探れるかもしれない。

腰を屈めたままの作業だから、四半刻（三十分）も続けていると足腰が痛くなってくる。立ち上がって大きな伸びをして、再び腰を屈めた。

叢に手を入れて草を掻き分けていると、指先に硬く細長いものが触れた。

「おや」

引き出した。大きなものではない。こびりついている泥を指でぬぐった。拾い上げたものは、鋼で片方の先がとがっている。太い方に草木の彫り物が施されていた。髪を調えたり頭を掻いたりする、笄《こうがい》だと分かった。

「これは男物で、刀の鞘の表側に仕込んでおくものだな」

と見当がついた。腹の底が熱くなってきた。高級品とは思えないが、充分に使える品だ。襲撃した者か、斬られた浪人者の品かは分からないが、襲撃の中での争いで飛ばされて、叢にまぎれこんだのではないかと考えた。まだ錆びてはいない。

吉次は笄を手拭いに包んで、懐に押し込んだ。すぐにも笄について調べにかかりたかったが、その気持ちは抑えた。これが事件に関わるものかどうかは分からない。念を入れて、さらに調べを続けた。

事件のあった周辺を、あわせて半刻（一時間）以上丁寧に探した。しかしこれぞという品は、笄以外には出てこなかった。

吉次はここでの探し物を切り上げて、まずは湯島切通町の小間物屋へ行った。声をかけて姿を現した番頭に、くだんの笄を見せた。

「お侍が刀に仕込んでおく品です」

との返事を得た。初めの見当は当たった。ただこの店では、扱っていないとのこと。

「ずいぶん古い品ですね。拵《こしら》えた者が誰で、どこで売られたかを探るのは、難しいと思います」

と告げられた。

そこでもう一軒、吉次は上野広小路《ひろこうじ》にある小間物屋でも笄を見せて問いかけをした。しかし返ってきたのは、同じような答えだった。

「さて、どうするか」

頭を捻ってから、吉次は前に訪ねた大口屋の札旦那川崎と迫田を再び訪ねることにした。手にある笄は、辻井源四郎と繋がるものなのかどうか。それを確かめるならば、面識があったと聞いている川崎や迫田に当たるのが手っ取り早いと考えたのである。

「笄のことを、何か覚えているかもしれない」

すでにどちらの屋敷へも行っているので、道に迷うことはない。

徒士衆の川崎は、これから役目に出かけるところだった。明朝まで帰らないので、会えたのは幸いだった。

吉次は早速、笄を差し出した。見覚えはないかと尋ねたのである。川崎は手に取って表裏丁寧に見た。

「見覚えはない」

と返された。

「辻井様のものではありませんか」

「いや。腰の刀に目をやったことはあるが、そこまでは気がつかなかった」

これでは話にならない。そこで本所の迫田の屋敷へ向かった。

前に訪ねたのは、妻女が亡くなったばかりのときだった。門を潜ろうとすると、玄関から話し声が聞こえた。来客があって、帰るところらしかった。葬儀があって間がないから、弔問の客でもあったのだろうと吉次は考えた。

そこで門脇に立って、外に出るのを待つことにした。

　玄関から出てきたのは、四十代半ばの身なりの悪くない侍だった。御目見の直参といった雰囲気だった。吉次が頭を下げると、侍はそのまま通り過ぎて道を歩いて行った。

　吉次はそのとき、侍の顔を確かめた上で、腰の刀に目をやった。笄はついていなかった。

　敷居を跨いだ吉次は、まず線香を上げさせてほしいと頼んだ。焼香を済ませたところで、屋敷に入りしなに会った侍について尋ねた。

「あの方は、辻井源四郎様だ」

「さようで」

　吉次はどきりとした。いつかは上野屋殺しの下手人として対決するつもりだったが、ここで会うとは思いもしなかった。しかし高額の香典を包んだというから、縁も深いのだろう。改めて弔問に来ていても不思議とはいえなかった。

　吉次は笄を見せた。

「見覚えがありますかい」

「はて、どこかで見たような」

　迫田は、笄を手に取って首を傾げた。

「辻井様のものでは」

どこで手に入れたかについては、伝えていない。

「ううむ。そうかもしれぬ」

迫田の返事を聞いて、吉次は胸の内で快哉の声を上げた。ただまだぬか喜びはできない。断定されたわけではない。

そこで確かめるために、蔵前通りの大口屋へ行った。番頭の定蔵にも見せたのである。どこで手に入れたかは、ここでも話さなかった。

定蔵は怪訝《けげん》そうな面持ちで絣を手にして、目をやった。そして「おや」といった顔を見せた。

「これは、見たことがあります。この模様と形は間違いありません」

「誰のものか。札旦那ではないか」

「辻井源四郎様のものです」

「なぜそれが分かるのか」

小躍りしたいところだが、それを抑えた。まずは確認をしなくてはならない。

「以前、応対させていただいたときに、お使いになったので、見せていただきました」

「いつのことか」

「そう前ではありません。御息女様の縁談で、お金が入用になって見えたときだと思います」

吉次はこの発言で、上野屋茂平治と用心棒殺しは、辻井の犯行だと確信した。

ここまでは、誰にも伝えていなかった。自分なりの判断で調べていたが、詳細を北町奉行所へ知らせることにした。

第三章　面通し

一

　久しぶりに晴れた日の昼下がり、正紀は正国、佐名木と、新しい納屋の建設費について、どうしたら捻出できるかを検討していた。とうとう十月になってしまった。雨だからといって、ぼんやりしていたわけではない。無駄だと分かっていても、金を貸しそうな商家を当たった。

「それでも、貸すといった者はありませんでした。しかし年利が二割八分でして、これでは話になりません」

　腹立たしい気持ちで、正紀は伝えた。商人同士ならばまだしも、相手が武家となると、とたんに貸し渋る。

「そのような高利では、利息を払うために納屋を建てるようなものだな」

正国はため息を吐いた。

そこへ井尻が顔を出した。冴えない表情だ。何かあると、すぐに顔に出る。

「何があったのか」

佐名木が水を向けると、早速口を開いた。

「本日は今までに、五人の商人が訪ねてまいりました」

よい話で来たのでないのは明らかだが、どの件かと正紀は頭を巡らせた。何年も前から借りている、他の金もある。

「支払いが間近に迫っている者たちと、先のものでも額の大きな店でございます」

「催促か」

まだ期限にはなっていないと思いながら、正紀は返答した。

「はい。あやつら、念押しに参ったのでございます」

「棄捐の令にかこつけて、支払いを延ばしたり、借金をないものにしたりすると考えているのか」

正国は不満そうだ。

「そうだとすれば、当家も見くびられたものだな」

正紀は、桜井屋長左衛門の言葉を思い出して応じた。

「いや、どこもそうでしょう」

と口にしたのは、佐名木だった。さらに続けた。

「南北の町奉行所には、多数の捨訴《すてそ》が投げ込まれているそうでござる」

貸し渋りにあって困難に瀕している直参からの捨訴だそうな。佐名木は他家の江戸家老や留守居役から聞いたとか。

借りられない苦情や怒りを、百十八万両からの損失を出している札差に向けるのは、直参としてはしにくい。そこで矛先《ほこさき》を町奉行所へ向けたのだと推量できた。町奉行は、いい迷惑だろう。

「江戸は直参も商人も、混乱をしているな」

冷ややかに言ったのは、正国だ。

「せっかくの令も、どちらからも不満が出ては、ご公儀は板挟みでございますな」

井尻はやれやれと言った顔だ。明らかに他人事《ひとごと》といった物言いだ。井尻にとっては、公儀や直参のことなどどうでもいい。高岡藩を第一にものを考える。そういう意味では、忠臣といってよかった。

「ご公儀は、御貸下げ金一万両で済ますつもりなのでしょうか」

正紀は気になっていたことを口にした。貸し下げる相手は札差だとしても、これでは何にもならない。貸し金という以上は返済を求めるわけだから、公儀は事実上一切の負担をしていないことになる。総額でおよそ百二十万両にも及ぶ損失と比べたら、その違いはあまりにも大きい。

混乱を起こしただけだ。

「このままでは、どちらも収まりませぬ」

「うむ。それで定信殿も、重い腰を上げるようだ」

正国が応じた。尾張藩で聞いてきた話らしい。

「何をするのでございましょう」

「さらに御貸下げ金一万両を出すとともに、札差のための貸し金会所を設けるようだ」

札差の損害を慰撫し、貸し渋りの状況を改善するための施設だそうな。

「そこで、どのような支援がなされるのでしょうか」

「札差がいつでも使うことができる貸し出しの場とする」

町年寄樽屋与左衛門を柱にして、蔵前近くの猿屋《さるや》町に建物を用意する。そして新たに勘定所御用達《ごようたし》を登用し、そこから資金を出させる。これを会所を通じて札差に貸し付けるという代物だった。

「商人としては、勘定所の御用達になれれば箔もつき、利点がないわけではないでしょう。しかし負担も大きいと推察できますが」

「いかにも。それでは人は集まるまい。命じられた分限者《ぶげんしゃ》たちが、渋々応じる程度ではないか」

佐名木の問いかけに、正国が答えた。

「では、金は集まりませんね」

渋々出す金など、高が知れていると正紀は思う。

「どれくらい集まる見込みなのでしょうか」

「しかとは分からぬが、せいぜい五、六万両ではないか」

この数字は、尾張一門の勘定に詳しい者たちが情報を仕入れ試算したのだそうな。

「焼け石に水ですね」

冷めた気持ちになって正紀は言った。何もしないよりはまし、といった程度だ。

「これは定信様が、状況を鑑みてご判断なさったわけですね」

「いや、そうではない。どうやら信明殿の献策らしい。このままでは済まぬと見たのであろう」

「信明様ですか……」

あの人らしいとは思うが、動きは遅くて鈍いと感じた。策を小出しにしている。

「令を発した定信殿は、人々はそれにあまねく従うべきだという考えだ。だから初めの一万両で充分だと考えていたらしい」

「信明様が、推したわけですね」

「そうらしい。それでは、速やかにというわけにはまいるまい」

正国は応じた。

良きにつけ悪しきにつけ、一途な定信を動かすのは手間のかかることだっただろう。けれども公儀が鈍い対応をしている間に、追い詰められた直参や商人たちは、それぞれが生きるための動きをしていた。

百名ほどの札差たちが立てた波紋は、江戸中の商人たちに伝播《でんぱ》していき、今やとてつもない大波になっている。その中では一万石の高岡藩など、笹舟《ささぶね》のようなものであろう。

それでも笹舟は、大波を乗り越えていかなくてはならない。

ここで辻井家から、佐名木に火急の知らせがあった。屋敷へ目付衆の一人と北町奉行所の年番方与力が揃ってやって来て、源四郎を札差上野屋茂平治と用心棒殺しの下手人として調べをしたというものだった。

「まさか」

さしもの佐名木も、顔色《がんしょく》を失った。

札差殺しがあったことは耳にしていたはずだが、実弟がその下手人と疑われるとは予想もしなかっただろう。正紀と佐名木は、小石川富坂新町の辻井屋敷へ馬で駆けた。辿り着いたときには、すでに調べの者は引き上げた後だった。源四郎本人から、嫌疑の内容を聞いた。

「殺害のあった刻限に、本郷春木町に屋台を出していた蕎麦屋に立ち寄ったのは間違いない。腹が減っていたので、一杯食べた。しかしそれだけのことでござる」

上野屋茂平治など名を知るだけで、顔も見たことはないと付け足した。

「ただ金は欲しかったのであろう」

佐名木は、やや責める口ぶりになっていた。嫌疑を受けただけでも、隙があるからだと感じたのかもしれない。

「はい。しかしあてが、まったくなかったわけではありませんでした」

借りた相手は、辻井家の縁戚に当たる家からだった。口煩《くちうるさ》い相手で、あれこれ暮らしぶりについて意見をされる。それもたいそう諄《くど》いので敬遠していたが、仕方ないと腹を決めた。佐名木も知っている人物だとか。

「迫田家に、香典を渡したのだな」

「妻女を亡くして、不憫《ふびん》だと存じました。薬礼もかかっていた上に、葬儀も出さねばならぬということで」

それ自体は、責められるべきことではなかった。

「笄の件は、どうなのか」

源四郎の笄が殺害現場から発見されたことが、目付と北町奉行所を動かすことになった。

「そなたのものに、違いないのだな」

「いかにも。犯行のあった数日前になくして、捜していたところです」

「なぜそれが、殺害の場にあったのか」

「何者かが、拙者に罪を着せるために置いたのだと思われます」

「うむ」

佐名木は腕組みをして考え込んだ。眉間には皺が寄っている。なかなか見せない表情だった。

辻井の申し開きを、目付らがどこまで信じたかは分からない。ただ笄があったことは、ぐうの音も出ない証拠、というほどではなかった。本人は犯行を否定している。落とした笄を誰かが拾い、濡れ衣を着せるために犯行現場に置くことは不可能ではなかった。

目撃者もいない。犯行現場の近くで、蕎麦を食べたというだけだ。

とはいえ、嫌疑は濃厚であることは間違いなかった。目付から、疑いが晴れるまで屋敷で謹慎するように命じられたとか。

二

佐名木の実弟ならば、正紀としても捨て置くわけにはいかない。高岡藩の問題として、当たる覚悟だった。

濡れ衣は、晴らさなくてはならない。正紀と佐名木、辻井の三人で、対策について話し合った。

「状況から考えて、源四郎があの夜のあの刻限にあの場所を通ったことと、上野屋茂平治が襲われたことは、偶然ではないだろう。何者かが源四郎を嵌《は》めようとしたのは、間違いない。近くから笄が出てくるなど、都合がよすぎる」

佐名木の言葉に、正紀と辻井は頷いた。

「茂平治の懐にあった金が目当てなら、ばっさりやればおしまいだ。違う狙いがあったのであろう」

「恨みを買うようなことは、あるのか」

正紀の言葉に頷いてから、佐名木は辻井に問いかけた。

「殺しの嫌疑をかけられるほどの恨みを持たれるなど、ないつもりですが」

調べを受けてから、何度も今までの人との関わりを振り返ったらしかった。

「だとしたら、利用されたわけだな」

「上野屋を殺したい者が、お主の仕業となるように仕組んだのは間違いない。お主には覚えがなくとも、何かの形で恨みを買っていたか邪魔《じゃま》だと思われていた。あるいは単に笄を手に入れて、下手人にしやすいと踏んだのかもしれぬ」

正紀は、頭に浮かんだことを口にした。口にすることで、考えがまとまることもある。さらに続けた。

「仕組んだ者は、上野屋とお主の当夜の動きを知っていたことになる。そうでなければ、都合よくはいかない」

「いかにも。前もって知っていなければ、それがしの仕業と裏づけるような笄をあの場に残すことはできませぬ」

辻井が、顔を赤くして言った。話しているうちに、怒りがこみ上げてきたようだ。

「そなたが質屋の丁子屋へ行ったのは、札差大口屋の番頭定蔵の口利きを得たからだな」

「さようです。あの刻限であれば他に客はなく、都合がいいという話でした」

佐名木に訊かれて、辻井は答えた。このあたりについては、岡っ引きの吉次が定蔵から聞いたこととして、正紀たちにも伝えられてきていた。

「定蔵が大口屋の札旦那に丁子屋を紹介するのは、毎度のことだそうで」

「しかしお主の動きを知っていた定蔵は、怪しいぞ」

辻井の言葉に、正紀は返した。

「定蔵が笄を持っていたら、奴の嫌疑は動かしがたいものになるが、それはどうか。大口屋で落としたのならば間違いないのだが」

「それは」

佐名木に言われた辻井は考え込んだ。

「そうかもしれませんし、他で落としたのかもしれません」

辻井はしばらくあれこれ首を捻ったが、やがてがくりと肩を落とした。分かっていたら、こうなる前に、取り返しに行っていただろう。

「定蔵は上野屋茂平治の動きを、知っていたのであろうか」

次に気になるのはそこだった。辻井が湯島切通町から本郷へ抜ける道を通るだろうことは分かっていた。仮に幷も持っていて、上野屋の動きも分かっていたら、定蔵を下手人と見て間違いない。実際に斬ったのは他の腕利きの侍だとしても、殺害に関与したとして考えることができる。

「上野屋と大口屋は共に札差仲間です。動きを知る機会があったとしても、おかしくはありませぬ」

辻井は強い口調で言った。まだ勝手な推量に過ぎない。仮に定蔵だとしても、札差同士で、命を奪う必要があるのか。そこらへんは何も分からなかった。

「しかし今、疑わしい者は、他にはいない。これで調べを進めるしかあるまい」

「大口屋主人の与右衛門はどうでしょう」

「もちろん、組んでいると考えるべきだろう」

ここでの推量を裏付ける証拠を探さなくてはならなかった。

その日の暮れ六つ過ぎ、山野辺が正紀を訪ねてきた。辻井の屋敷を出てから、正紀は調べの模様を伝えてくれるようにと、家臣を走らせていた。北町奉行所内のことだから、詳しい内容が分かるだろうと考えていた。

佐名木と共に、話を聞くことにした。

「札差殺しとして、北町奉行所の同心と岡っ引きが探索をしていた」

辻井に疑いがかかったので、調べに目付が加わったのだとか。

「笄の件があるので辻井様は疑われているが、札差である以上恨みを持つ者はいるだろうという考えで、他にもやっていそうな者はいないか捜しているところだ」

巷の評判では、茂平治は大通と呼ばれるような派手な遊びをして顰蹙《ひんしゅく》を買うようなまねはしていなかった。しかし札差としては、堅実な商いをしていて取り立ても厳しかったらしい。

「まあそのあたりは、どこの札差も同じだろう」

「ただ顰蹙を買ったくらいでは、命は奪われない。殺すならば深い恨みがあるのに違いないぞ」

「もっともだ。同心は、金が目当ての物盗りの線で調べをしているようだ」

「上野屋は、貸し渋りもしていたのであろうな」

「棄捐の令以後は、どこでも貸さなくなった。上野屋だけではない。恨む者はいるだろう」

　茂平治はその日、金主である本郷三丁目に住まう備中屋の隠居十左衛門を訪ねた帰りに襲撃された。

「やったのは、凄腕だ。茂平治と用心棒を、一刀のもとに斬殺していた」

「一人でも、逃げる暇を与えなかったわけだな」

　駕籠舁きたちは、襲ってきたのは一人だと証言していた。

「辻井様は、我らと同じ神道無念流戸賀崎道場で剣を学ばれた。なかなかの腕前なのは、我らも知っている通りだ」

「それも、疑われる材料になっているわけだな」

　正紀はため息を吐いた。

「上野屋は備中屋から金を借りて、それを貸し付け金にしていた。しかしこの度の棄捐の令で、二万四千両の損失を出した」

「借りて貸した金も、札旦那から取り返せなくなったわけだな」

　先の禄米を担保にしていたからできた貸付だ。しかし返済を求めることができなくなった。

「茂平治は、返済を待ってもらうために、十左衛門のもとを訪ねたのだそうだ」

「上野屋が備中屋から金を借りていることは、知られているのか」

「札旦那は知らないだろう。ただ同業ならば、知っている者がいてもおかしくはないぞ」

「大口屋が知っているということも、あり得るわけだな」

正紀は、辻井屋敷で話した中身を山野辺に伝えた。

「上野屋と大口屋が、どのような関わりにあるかを調べなくてはならぬな。定蔵が関わっていたら、茂平治の動きについては、知っていても知らぬと言い張るだろう」

もっともな返答だった。

「出入りをしている札旦那の他に、茂平治を恨む者、あるいは邪魔だと思う者はいるのか」

「同心も岡っ引きも、そこまでは摑んでいない。何しろ、辻井様を下手人だと考えているわけだからな」

こちらは、同心や岡っ引きとは別の探索をする。

「ともあれ定蔵や大口屋は、洗わねばなるまい」

山野辺は言った。役目は高積見廻りだから、管轄外の仕事になる。けれども力を貸してくれるつもりらしかった。

とりあえずは正紀が大口屋を、山野辺が上野屋を当たることにした。

山野辺が引き上げたところで、佐名木は部屋住《へやずみ》の跡取りである源之助を呼んだ。まだ藩政に関わる立場ではないが、高岡藩の将来を担う者なのは明らかだから、佐名木は文武に励ませていた。面差しは、父親によく似ている。

「その方も、調べに加わるがよい。我らの血縁の者の難事だからな」

「ははっ」

源之助は、張りのある声で返事をした。

三

翌日も、また朝から雨になった。からりと晴れる日があっても、長続きしない。一雨ごとに寒さが増す。紅葉の色が、ますます濃くなった。

「大川《おおかわ》の水嵩《みずかさ》が、増しているようです」

朝の読経が済んだところで、京が言った。屋敷から出る機会は少ないが、江戸の町や江戸川、利根川に関することには関心を持つ。侍女などから、話を聞くらしかった。

今は孝姫中心の暮らしだが、屋敷にいても季節の移り変わりは庭の様子を見ていれば分かる。風の冷たさは、膚で感じる。そこから、町や川の様子を知るらしかった。

「ここのところ雨ばかりですから、水嵩が増すのは大川だけではないと思います。利根川はどうなっているのでしょうか」

京は言った。出女は取り締まりが厳しいから、利根川を見ることは生涯できないかもしれない。だから正紀は、川や高岡河岸の様子を折につけて話してやっていた。

「流れは、大川以上に激しいかもしれぬな」

正紀も気になっていた。変事があれば、国許から早馬の知らせがある。幸いまだ来ていなかった。

「辻井どのはこれからどうなるのでしょうか」

この件についても、穏やかならざる気持ちでいるらしかった。藩の重鎮である佐名木の実弟だ。どうでもいいとは思えないだろう。

「力を、お尽くしなさいませ」

といつものように言われた。

それから正紀は、源之助と植村を伴い傘を差して屋敷を出た。向かった先は浅草天王町の大口屋である。

「一日も早く、真の下手人を炙《あぶ》り出したいものです」

源之助は意気込んでいる。辻井が金のために人を襲うなどはありえない。何者かに嵌められたと考えて、憤《いきどお》っていた。戸賀崎道場では稽古熱心で、近頃腕を上げてきた。

　正紀や山野辺、辻井が剣術を学んだ神道無念流の道場である。上達ぶりは、兄弟子として手合わせをした経験から感じている。

「なかなか重厚な建物ですね」

　店の前に立って、源之助は言った。しかし店は、正午前だというのに戸が閉められていた。

「主人の与右衛門は、棄捐の令の前は大通を気取って派手な遊びをしていたそうだ。棄捐の令では、二万五百両を失っている」

　辻井から聞いた話を、正紀は伝えた。

　三人はまず、町の木戸番小屋へ行き、番人に問いかけた。

「大口屋さんは、一応朝は店を開けます。でもしばらくすると戸を立ててしまいます。店を夕方まで開けているのは、たまにだけですね」

　初老の番人は言った。

「与右衛門の暮らしはどうか。前はだいぶ派手にやっていたようだが」

「今は、それどころではないでしょう。遊びに出る姿は見かけません」

どこか、いい気味だという口ぶりだ。

「やって来た札旦那は、どうするのか」

切米までは、まだ十日ほどある。にわかに銭が必要になることはあるだろう。

「戸を叩いています。戸も開けずに応対した店の者と二言、三言交わすと、みなさま肩を落として引き上げていくように見えますが」

番人も、見張っているわけではない。見ている限りでは、金は貸していないという話だった。

店の並びにある足袋《たび》屋の手代にも尋ねた。ここでは用意していたおひねりを与えた。

「札旦那たちの話しぶりでは、金は借りられないようです。ただ棄捐の令の恩恵は受けていますので、戸板を蹴って暴れるような方はいません」

前の騒ぎがあるからか、そんな言い方をした。

「番頭の定蔵とは、どういう者だ。なかなかやり手だと聞いたが」

「そりゃあもう。商いでは厳しいところもあるようですが、町内では腰が低くて悪く言う人はいません」

「派手な遊びは、していなかったのか」

「旦那さんとは違いました。定蔵さんが店を守っていたから、旦那さんはあんな遊び方ができたのではないでしょうか」

与右衛門の悪評を、定蔵が埋め合わせしていたということらしい。

「定蔵は、いつから大口屋にいるのか」

「子飼いからの奉公だと聞いています。何でも旦那さんのおっかさんの遠縁だと、聞いたことがあります」

先代に、一人前にしてもらったという気持ちがあったから、店には忠実なのかもしれない。

「上野屋茂平治とは、繋がりはあったのか」

「さあ、そのあたりは存じません」

足袋屋の手代から聞けたのは、その程度だった。

ふと見ると、大口屋の戸を叩いている札旦那らしい侍がいた。中の誰かと話していたが、用は足せない様子で店先から離れた。

正紀は、札旦那らしい侍に声をかけた。

「大口屋は、吝いようだな」

「まあ仕方があるまい」

金については、切米が近いので、それまで何とかしのぐつもりだと言った。そこで定蔵について尋ねた。

「あれはしたたかで、しぶといぞ」

立場が違うからか、足袋屋の手代とは異なって阿漕な商人だという口ぶりだった。

「棄捐の令で大口屋は、二万両以上もの損失が出たというが、多くの札旦那を抱えていたわけですな」

「札差の中では多い方だろう。欲深く貸していたから、今度のような目に遭ったのだ」

自分も借りていることは棚に上げて言っていた。同情はしていない。

「辻井源四郎殿をご存じか」

「もちろんでござる。あの方は、禄や家格が高いのに威張《いば》ることがなく、我らと度々話をした。他の札旦那のために、店の手代に意見をすることもあった」

人望があったようだ。

「近ごろ何か聞いておらぬか」

辻井の暮らしぶりについても、訊いてみた。

「札差殺しで調べを受けたとの噂は、拙者も聞いた。しかしあの方が、金子のために上野屋を斬るなどはないであろうな」

他にも、現れた札旦那三人に声掛けをしたが、同じような答えだった。

「大口屋はもともと貸し金の総額は多かったゆえ、損害が大きくなったものと思われます。すべて自前の金で賄《まかな》っていたのでしょうか」

源之助が言った。いろいろ話を聞いて、気にかかったらしい。

「上野屋でさえ、備中屋から借りていた。どこかに金主がいても、おかしくはないな」

「それはどこでしょう」

正紀の言葉に、植村が問いかけてきた。

「近所や札旦那に訊いても分からぬだろうな」

調べられるところから、当たってみることにした。まずは自身番へ行った。居合わせた書役《かきやく》に、正紀は大口屋が家作を持っているかどうか尋ねた。

土地や家作を多数持っていれば、その地代や家賃を元手にできると考えたからだ。

「大口屋さんが家作を持っているという話は、聞きませんね」

書役は答えた。金が入ると、家作など持たず遊びに使ってしまったのかもしれない。

「大口屋が、上野屋から金を借りるということはないか」

「さあ。利息さえ払えば、どの札差でも貸すのではないですか」

あてにならない返答だった。

高額の貸し借りがあるならば、返せないことで悶着があり、殺害を図る動機になる。棄捐の令の後だから、その可能性はあった。

ただ具体的な話は、店の者でなくては分からないはずだ。しかも手代以上でなければ、資金繰りの中身など知らされないだろう。そして手代たちは、分かっていてもそれを余所の者に喋《しゃべ》るわけがなかった。

「それでも、小僧あたりから上野屋との関わりについては訊けるのではないですか」

源之助が言うので、小僧が出てくるのを待つことにした。四半刻以上待って、やっと一人出てきた。

少し歩いたところで、声がけをした。同時におひねりを握らせている。

「大口屋は、上野屋とは親しく行き来をしているか」

「同業ですから、行き来はあります」

小僧は恐る恐る答えた。いきなりの問いかけに驚いたらしいが、おひねりを受け取っているから、逃げるわけにもいかないといった様子だった。

「金を借りているのか」

　やはり話にならなかった。そこで天王町内の兜屋《かぶとや》という屋号の質屋へ行った。異業種とはいっても、金を貸すという点では同じだから、多少の情報はあるのではないかという判断だ。

「卒爾《そつじ》ながら、ご存じならば教えていただきたい」

　正紀は丁寧な口調で、店にいた主人らしい男に問いかけをした。駄目だとは言われなかったので、そのまま続けた。

「札差同士で、金の貸し借りをしているのであろうか」

　三人も侍が来て、何を言い出すのかと驚いたようだ。しかし自分の店にかかわることではないと知って、表情は多少緩んだ。

「しているところは、あると思いますよ。どこがどうとはわかりませんが、そういう話は聞いたことがあります」

「大口屋と上野屋はどうか」

「棄捐の令までは、親しくしていたと思いますよ。番頭さんが行き来していましたから」

「ではその後は」

「さあ」

問題はそこだ。

「そういえば」

兜屋の主人は、思い当たることがありそうな顔になった。やや間を置いて思い出す仕草《しぐさ》を見せてから口を開いた。

「令が出てまだそう間がない頃に、大口屋の定蔵さんと上野屋の旦那さんが話をしながら歩いているのを見かけました」

浅草御門を出て、蔵前通りを歩き始めたところだったそうな。

「どのような様子だったか」

話の中身まで聞き取れたとは思えないから、そういう訊き方をした。

「どちらも、険しい顔をしていたのでおやと思いました。棄捐の令の後ですから、当然といえば当然でしょうが」

話の中身は、見当もつかない。互いに苦しい状況を伝え合っただけならばそれまでだが、金の貸し借りで悶着になっていれば、激しいやり取りがあったのかもしれない。

やはり探る必要がありそうだった。

四

同じ日、山野辺も雨の中、一回り河岸場を見回ってから浅草元旅籠町の札差上野屋の店の前に立った。向かい側は御米蔵で、上の御門に近かった。

御米蔵の周囲は、石垣で囲って、塀が設けられている。その外側には堀があって竹《たけ》矢来《やらい》も組まれていた。禄米が納められる蔵だから、日々厳重な警備がなされている。

昨日話を聞いた岡っ引きの吉次は、茂平治殺しは辻井によるものと確信している様子だった。発見された粋の存在が大きい。しかし昨夜正紀や佐名木と話した結果を踏まえると、定蔵の関与も否定できない気がした。

「そもそも辻井様が、あのような真似をするわけがない」

という気持ちがある。家禄四百俵の旗本家を潰してしまいかねない暴挙で、そのような愚かなことをする人物とは考えられなかった。

雨のせいもあって、道行く人の姿も少ない。荷車は見かけなかった。

上野屋の店の戸は閉じられている。札旦那の姿も見られなかった。棄捐の令で多額の損失を受けた上に、主人が惨殺された。葬儀を済ませて間もない状況である。降って湧いたような災難に立てつづけに見舞われた。

隣の油屋の番頭に訊くと、葬儀以来おおむね店は閉じられているとのことだった。

「札旦那が見えても、無茶を言う方はいないようです。札差を恨んでいたご直参は少なくないと思いますが、さすがに今の上野屋さんに難癖をつける気にはならないのだろうと思います」

番頭も、同情している様子だった。上野屋は大口屋とは違って、主人は近隣から顰蹙を買うような派手な遊びはしていなかったとか。

山野辺はそれから、上野屋の戸を叩いた。北町奉行所の与力として、跡取りの茂太郎に面談を求めた。

まずは仏壇に線香を上げてから、茂太郎と向かい合った。

「まさかこんなことになろうとは」

茂太郎は肩を落とした。二つの災難が重なって、まだ気持ちの立ち直りができていない様子だった。ただ奉公人たちは、打ちひしがれて呆然としている様子ではなかった。きびきびと動いている。

「切米が迫っていますので、札差としての役目は果たさなくてはなりません」

奉公人たちは、その用意をしているのだった。禄米の代理受領と換金は、札差の看板を出す以上、何があってもやらなくてはならない仕事だった。

その役割の重さは、山野辺も直参だからよく分かった。

「親父を斬って金を奪ったのは、本当にご直参なのでしょうか。数枚の小判のために、人を斬るのでしょうか」

何度考えても答えが出ないようだった。禄米は、その家の暮らしを支えている。一時の欲のために、それを失うようなことをするかという疑問だった。札差を生業にしているから、禄米の大切さありがたさが身に染みている。だからこその思いだろう。

「怪しいというだけで、はっきりはしておらぬ。真の下手人を捕らえなければ、茂平治も浮かばれぬであろう」

山野辺が返してから問いかけを始めた。

「まずは茂平治を殺したいと思うほど、恨んでいる者はいるか」

まずは怨恨の線を押さえておかなくてはならなかった。犯行が行きずりの物盗りの仕業ではないと考えていることも、問いかけで伝えたつもりだった。

「そうですね。今の札旦那の中には恨んでいる方もいるかもしれませんが、実際に刃を向けるほどの方はいないとおもいます」

「では借金が溜まって、御家人株を売らざるを得なくなった者ではどうか」

「それならば、いるかもしれません」

茂太郎はやや間を置いてから、掛江房之助という名を挙げた。家禄百九十俵で無役小普請組、上野屋の札旦那だった者である。四年ほど前に、御家人株を手放して浪人者となった。

「御家人株を売らなくてはならなくなったのは、うちのせいだと恨んでいると聞きました」

無法な貸し方をして、追い詰めたわけではない。貸し金の正当な取り立てをしたが、返すことができなかった。町の高利貸しからも借りていたようだと付け足した。

「逆恨みだというわけだな」

「向こう様は、そうはお考えではないようです」

「今の住まいは分かるか」

「さあ、お屋敷も出ています。江戸のどこかにはおいでになるのでしょうが」

他にも、御家人株を売った者はいるが、七、八年ほど前だという。殺したいほどの恨みがあるならば、もっと前に襲ってきたのではないかと告げた。

掛江については調べなくてはならないが、浪人者となった今では、捜すのは手間がかかりそうだった。茂太郎は吉次にも掛江のことは話したらしいが、調べをしていなかった。辻井の嫌疑が濃くなって、こちらは白と決めたのだろうと察した。

「上野屋では、他の札差に貸し出しをしているか」

これもはっきりさせておかなくてはならない。

「おります。四軒にです」

具体的に名を挙げさせた。するとその中に、大口屋が入っていた。

「それぞれどれほどの額か。返済では揉めておらぬか」

肝心なところだから、声に力がこもった。しかし茂太郎は、申し訳ないという顔をした。

「札差への貸し出しは、親父が一人でやっていました。私はもっぱら札旦那の相手をしていました」

詳しい額などは分からないと告げた。

「貸し金の綴りが、あるであろう」

山野辺は引かない。

「ございますが」

茂太郎は出すのを渋った。まだ整理をしていないことを理由に断ってきた。それで資産額が分かるのを嫌ったらしかった。

「これは、その方の父親殺しが絡んでいるのだぞ」

山野辺は叱りつけ、綴りを持ってこさせた。

綴りを受け取って、山野辺は紙を捲った。丁寧な筆跡で、小さな数字が貸している店ごとに並んでいた。

浅草瓦町《かわらまち》　松葉屋宇兵衛《まつばやうへえ》　五千両
浅草蔵前片町《くらまえかたまち》　東金屋甚兵衛《とうがねやじんべえ》　千五百両
浅草天王町　大口屋与右衛門　四千二百両
浅草森田《もりた》町　相模屋平右衛門《さがみやへいえもん》　三千両

返済期限はそれぞれだが、大口屋のそれは十月中と記されていた。

ただ綴りを見る限りでは、返済で揉めているかどうかまでは分からなかった。数字が並んでいるだけだ。

「茂平治は大口屋への貸し金について、何か言っていなかったか」

「いえ、それは聞いていません」

茂平治は倅に、愚痴や繰り言を漏らすことはなかったらしい。

そこで茂平治が金を貸していた他の三軒を当たってみることにした。大口屋に当たるのは、ある程度周辺を固めてからにするつもりだった。

山野辺の目的は茂平治と用心棒を殺害した者を捜すことだが、その前に明らかにしたい点があった。手を下したのが、辻井ではなかったことをはっきりさせなくてはならない。

蔵前通りを南へ歩いて、まず森田町の相模屋へ行った。そして主人の平右衛門を呼び出した。小太りの中年で、どこか狡そうな気配を漂わせた男だった。

「上野屋茂平治について、知っていることを訊きたい」

と告げると、一瞬顔を強張らせた。殺害事件の調べのために、町奉行所の与力が来たと考えたからに違いない。けれどもすぐに神妙な顔になって、お悔やみの言葉を口にした。

三千両の金を借りていることは、否定しなかった。借りた金で、出入りの札旦那に貸付をしていたのである。

「返済については、揉めたことはありません。棄捐の令でたいへんではありますが、返済も、約束通りにすることになっていました」

自分は殺しには関わりない、といった口ぶりだった。山野辺は揉めたことはないとの言葉を鵜呑《うの》みにはしないが、取り立てて怪しいとは感じなかった。

「では他の借りている者で、上野屋と悶着があったという話は聞かぬか」

「さあ。どなたが借りているのかも、聞いてはいませんでした」

さらに東金屋と松葉屋へ行った。どちらも、相模屋と同じような反応だった。ただ松葉屋宇兵衛は、大口屋が上野屋から金を借りていたことは知っていた。

「額は分かりません。ただ上野屋さんでばったり会ったことがあります。与右衛門さんは渋い顔をしていて、すぐに引き上げました」

棄捐の令があった、直後だそうな。しかしそれだけでは、揉めていた証拠にはならない。

回った三軒とも、棄捐を強いられた上に少なくない借金を抱えているのは同じだ。何か悶着があって隠していたとしても、不思議ではなかった。

五

正紀らが藩邸に戻ると、佐名木と井尻が渋い顔で向かい合っていた。間に、国許の中老河島から届いたばかりの書状が置かれていた。高岡から、国許の様子を伝えてきたのである。

二人の表情を見ただけで、書状の内容が窺えた。

「続く雨で、利根川は水嵩を増しているようでございます」

長雨だから、気を揉んではいた。しかしわざわざ書状で知らせてくるとなると、尋常ではない川の様子が目に浮かぶようだった。

「荷はどうなっているのか」

「運ばれている模様でございます。川止めにはまだなっていないそうで」

井尻が答えた。棄捐の令の影響は、まだ水上輸送の面には現れていないらしかった。

桜井屋や濱口屋の納屋は、ほぼ満杯だという。

「問題は、川止めになった場合です」

濡れてはまずい荷は、納屋に置かれたままになる。川が荒れていたならば、荷主は運ぶのを躊躇って納屋に置くのを望む。しかし川止めがなければ、次の荷が運ばれてくる。

「今は藩の納屋に入れていますが、この先はどうなるか分かりません」

三つの納屋が満杯になって、さらに荷が届いた場合のことを案じている。そこで川止めになったら、身動きが取れない。

「川べりの地盤は弱いが、大丈夫か」

預かっている荷に何かあったら、それこそ一大事だ。

「今のところは問題ないとあります。ですが先のことは、分かりません。雨は、なかなかやみそうにありませぬ」

井尻は、心配性で大袈裟だ。しかしこの数日の雨を考えると、井尻の不安を笑い飛ばすわけにはいかない。

佐名木も苦々しい表情だが、それは利根川氾濫の心配だけではなさそうだった。

「書状には、まだ何か厄介なことが記されているわけだな」

「国許の下士の間で、高岡藩でも棄捐の令を出してほしいとの願いが出ておるそうでございます」

棄捐の令については、前の書状でも高岡で噂になっていることは知らされてきていた。だが今回は、藩士が実際に要望をしてきたという話だった。

高岡藩にも知行取りと蔵米取りがいるが、数としては小禄の蔵米取りが多い。二割の貸し米は、知行取り、蔵米取り、どちらからもしているが、辛いのは蔵米取りの方なのは明らかだ。土地が与えられているわけではないから、農作物は作れない。川べりの荒れ地を耕して、雑穀や野菜を作るのが精いっぱいだ。だからこそ貸し米をやめるために、高岡河岸の活性化を目指してきた。

代官などを除けば、藩士の多くは陣屋内のお長屋に住んでいる。領内は酒を飲んだり遊んだりする場所もない田舎だが、それでも暮らしは楽ではない。

禄米は自家用米を除いて、藩出入りの米商人が換金をしている。藩士たちはできるだけ自家用米を減らして、換金する量を増やした。自ら拵えた麦や雑穀を主食にした。

ただそれでも苦しいから、出入りの米商人に、次年度以降の禄米を担保にして金を借りる者が少なからずいた。江戸の札旦那と同じような借金漬けになる者も、下士の中に現れた。

「棄捐の令の話を聞いて、穏やかではない気持ちになったわけだな」

「初めは二人か三人でしたが、その数が増えました。河島は、困惑しているようです」

藩士たちには、長くつらい思いをさせてきた。そろそろ報いてもよいのではないかという気持ちが、河島に芽生えているらしかった。

「それがしは、藩でも棄捐の令を出してもよいのではないかと存じまする」

井尻が言った。やや顔を赤らめている。今思ったのではなく、前から胸にあったことらしかった。

「…………」

正紀は井尻の意見に魂消た。

「けしからん」

とでも告げるのではないかと考えていた。借りたものを返さないという発想を受け入れるのは、井尻の信念に反するのではないか。

「なぜそう考えるのか」

井尻は居住まいを正した。自分なりに思い切ったことを口にするときの癖だ。

「されば、流れでございまする。棄捐の令は、ご公儀の仕法としてなされました。諸藩がそれに倣って、何の問題がありましょうや。定信様も信明様も、よしとなされるはずでございまする」

屁理屈のようにも聞こえたが、理が全くないとは思わなかった。さらに井尻は続けた。

「しかも当家の腹は、まったく痛みませぬ」

井尻には、これが一番大きいのかもしれない。

「それはそうだが」

「国許の者も、江戸の者も、かつがつの暮らしを続けておりまする。たまには米の飯を食したいと考えても、贅沢ではありますまい」

「うむ」

禄米のすべてを銭に替える者もいる。そうしなければ暮らせないと、井尻は告げていた。その言葉は、胸に染みた。

また井尻は知行取りで、蔵米取りではない。己のために口にしているのではなかった。

正紀に対して、同じようなことを言ってきた者は他にはいない。遠慮をしているのだ。ただ令が出されて、日にちもたった。藩士たちの胸の内が、井尻の口を通して出てきたのだと正紀は思った。

言いたいことは、理解した。けれども応じるわけにはいかない。

「その方までが、熱くなってはなるまい」

今まで黙って聞いていた佐名木が口を開いた。

「棄捐の令は、様々な問題を起こしておるぞ」

と続けた。

「それは、そうでございますが……」

井尻は、言い過ぎたと思ったのかもしれない。返そうとした言葉を呑み込んだ。ここはいったん引く、といった印象だった。

そしてしばらくして、山野辺が藩邸に姿を現した。上野屋を始めとして、聞き込んだことを伝えられた。

「大口屋は、四千両も借りていたわけか」

額の大きさに、聞いた正紀は佐名木と顔を見合わせた。

「やはり大口屋が気になるな」

三人の考えは、そこに行き着いた。


雨は、夜になっても止まなかった。この日も正紀は京の部屋へ行き、一日の出来事を伝えた。

京は、辻井についても案じているが、国許の下士の困窮ぶりについて強く気持ちに残ったようだ。

「米を食せぬというのは、無念なことでございます」

「いかにも。それはそうだ」

「こうなると、何としても四棟目の納屋を建てて、高岡河岸の隆盛を図るしかありませんね」

と京は言った。

孝姫は聞き取りにくい言葉を発しながら、部屋の中ではいはいをしている。そしてたまに、つかまり立ちをする。一日中、何度も繰り返すらしく、足腰がしっかりしてきたように感じた。

「そろそろ歩くのではないか」

「さあ、どうでしょう」

足を踏み出そうとすると、均衡が崩れてすぐに転ぶ。そのたびに「わあ」と泣いた。しかしあきらめずに立とうとする姿は、たとえ泣いても、見ていて気持ちが良かった。

「歩けたら、祝杯を上げようぞ」

正紀は言った。

六

翌朝には雨は止んでいたが、いつ降ってきてもおかしくはない空模様だった。

正紀は源之助と植村を伴って、昨日話を聞いた天王町の質屋兜屋へ行った。店先に立つと、間口の広い大口屋の建物が見える。

兜屋の主人は、大口屋の定蔵と上野屋茂平治が、険しい顔で話をしながら歩いていた姿を見たと言った。そのときの模様を、さらに詳しく訊くつもりだった。

手ぶらというわけにはいかないので、途中で饅頭を買って土産《みやげ》にした。

「あれは棄捐の令が出た、翌々日でございました。ご直参の方が鎧《よろい》と兜をお持ちになりました。金子が入用だが、貸し渋りで困っている。切米があった後に金は返すというものでございました」

しかし鎧兜は、流れた場合には売りにくい。そこですったもんだし、ようやく引き上げた後に通りへ出た。そのとき二人が浅草御門を出て歩いてくる姿が、目に入ったのだった。

日にちは、間違いない。九月十八日だ。

「二人でどこかへ行ったのであろうか。偶然に会ったのであろうか」

「さあ」

そこで三人は、浅草御門を南に抜けたところで、定蔵と茂平治について訊いてみた。しかし二人を覚えている者はいなかった。人通りも多いし、もう十日以上が過ぎている。

仕方がないので天王町へ戻って、大口屋の前へ行った。店の戸は閉じられている。そこで小僧が出てくるのを待った。

半刻ほど待って、潜り戸から昨日問いかけをした小僧が出てきた。後をつけ、店からやや離れたところで源之助が声をかけた。

「これは、旦那」

小僧はこちらの顔を覚えていた。源之助は、すぐにおひねりを握らせた。

「棄捐の令があった二日後のことだ。番頭の定蔵は夕刻前に外出した。その折上野屋の主人と出会ったはずだが、そのときのことを覚えているか」

「はあ」

いきなりの問いかけに、小僧は戸惑った様子だった。それでも考える仕草は見せた。

「あの頃は、どこの札差でも、番頭さんが金策のために出かけることは多かったです。うちの番頭さんも、出かけていたはずです」

「戻ってきて、主人に上野屋と会った話をしたはずだが……」

「ああ、そういえば」

ようやく、思い出したらしかった。

いつになく慌てた様子で、店にいた主人と奥の部屋へこもった。そして四半刻ほどして、店へ出てきた。何を話したかは、小僧には分からない。

「それでどうしたのか」

「あの日は、まだ店を開けていました。お店には札旦那がいて、声をかけて一緒に店の外へ出て行きました」

「何をしたのか」

「見ていたわけではありませんが、番頭さんはすぐに戻ってきました」

ちょっとした打ち合わせをした、といった様子らしい。

「そういうことは、よくあるのか」

「ありません。貸し出しをお断りした札旦那は、帰っていただければ終わりです」

わざわざ外で話などしない。

「何かの約束でもしたのでしょうか」

源之助は、正紀に向かって言った。そう考えるのが自然だ。

「その札旦那とは、誰か」

正紀が問いかけた。

「迫田寛五郎様と川崎喜八様です」

二人の名には、聞き覚えがあった。岡っ引きの吉次が探索をする過程で、大口屋の札旦那ということで証言を得た者たちだ。特に迫田は、辻井とも親しかったはずである。

小僧から訊けることは、この程度までだった。そこで正紀と源之助、植村の三人は、本所御竹蔵の東にある迫田の屋敷へ行った。

「妻女が亡くなり、辻井様が香典を差し上げた相手ですね」

植村が言った。前に聞いたことを、覚えていたらしかった。

屋敷は、道々二度尋ねて捜すことができた。迫田は屋敷にいた。正紀は身分と名を伝え、お悔やみを述べた。十二歳になる娘が残されたという。正紀は迫田の境涯《きょうがい》に同情を覚えつつ、辻井との関わりについて訊いた。

「辻井様が上野屋を襲うなど、あり得ぬ話だと存じまする」

迫田は、憤りを見せて言った。辻井とは大口屋の札旦那同士で長い知り合いだが、上野屋茂平治の名など、一度も口にしたことはないと告げた。

棄捐の令の二日後の出来事について、正紀が尋ねた。

「あの日のことは、よく覚えておりまする」

迫田はやや苦々しい顔になった。

「妻郷の薬礼を借りるために大口屋へ行き申した。少しでもよい薬を飲ませたいと思ったのでござる。しかし長患いでな、借りるのにも難渋するようになり申した」

派手な暮らしなどしていなくても、身内が病になれば物入りとはなるだろう。

「棄捐の令もあって、あの日は借りられなかった。しかし薬礼は、払わなくてはならない。町の金貸しから高利の金を借りなくてはならないのかとがっくりしていたところで、定蔵に声をかけられたのです」

「そのときには、川崎喜八殿も店にいたわけですな」

「さよう。二人で店の外に出て、定蔵と話をした」

「何を言われたのでござろうか」

「儲け話があると申した。その日の暮れ六つどきに、浅草寺風雷神門前《ふうらいじんもん》のたぬきという居酒屋へ来るようにとのことで」

詳しい話はそのときにと告げると、定蔵は店に戻ったという。

「行ったのでござるか」

「そのつもりでござった。気に入らない仕事ならば、断ればよいと思ったのでござる」

ところが屋敷に帰ったら、妻女郷は心の臓の発作で苦しんでいた。

「では定蔵の話の中身は」

「分かりませぬ。その後も定蔵とは店で顔を合わせたが、何も言ってこぬゆえ、こちらも尋ねなかった」

これでは、調べが進まない。次に正紀らは下谷御切手町に近い、徒士組の組屋敷へ川崎を訪ねた。町は同じような古い建物が並んでいる。手入れの行き届かない、ひと際貧相な建物が、川崎の住まいだった。

声をかけたが、返答はない。しんとしていた。

「川崎さまは、お役目で出ていますよ」

赤子を背負った隣家の新造に告げられた。それで「卒爾ながら」と川崎について、話を聞くことにした。

「川崎殿には、ご妻女はおられぬのか」

「はあ。ちとわけあって、半年ほど前に娘ごと共にお里へ戻られたとか」

新造は、躊躇いがちに答えた。住まいの荒れ具合を見ると、借財が離縁の原因だろうと推量できた。

「川崎家は、家計が苦しそうだな」

正紀は荒れた住まいに目をやりながら言った。

「まあ、どこも苦しゅうございますが」

問いかけに否定はしなかった。

「御家人株を売らねばならぬところまで、至っているのではあるまいか」

植村が口にした。初対面の相手にここまで訊くのは躊躇われたが、無骨な植村は意に介さないようだった。

新造は、やや間を空けてから口を開いた。

「川崎さまは、お酒と賭け事がお好きなようで」

そう答えると新造は、行ってしまった。

「酒と博奕《ばくち》に嵌まった川崎は、妻女と娘を失い、今は御家人株も失おうとしているわけですね」

腹を立てている様子で、源之助は言った。妻子を顧《かえり》みぬ勝手な暮らしぶりが、許せないようだ。

もう一人、通りかかったまだ前髪のある若い侍に問いかけた。同じ組屋敷の子弟らしい。

「川崎様は、大東《だいとう》流の剣の遣い手です。見事なお腕前です」

と前髪の侍は返した。用心棒を、一刀のもとに斬れる腕前かもしれない。

「乱暴なまねをするのか」

「それはありません。ただ新造様がいなくなって、怖い感じになりました」

暮らしが乱れていると言いたいらしかった。

それから正紀らは、浅草寺風雷神門前の居酒屋たぬきへ行ったが、まだ商いを始めていなかった。安そうな店ではない。火灯し頃になれば、繁盛するのかもしれなかった。

「混んでいて店の中がざわついていたら、密談をするにはかえって都合がいいかもしれませんね」

植村が言った。

店の中を覗くと、おかみらしい中年の女がいたので、正紀が声をかけた。日にちを特定した上で、身なりのいい商人と侍が来たかどうかを尋ねた。

迫田は行かなかったから、来たのは定蔵と川崎になる。しかし他にも声をかけていれば、二人だけとは限らない。

「ええ、見えました。暮れ六つの頃です。身なりのいい大店の番頭さんです。店の奥の小上がりに座ってお侍さまと話をしていました」

帰りがけに、過分な心づけを貰ったとか。それで覚えていたのだ。相手が「定蔵」と名を呼んだので、それも頭に残っていたとか。

「相手は、主持ちの侍だな」

「さあ。着流し姿でしたので、主持ちかご浪人かはよく分かりませんでした。ちょっと怖い感じで」

川崎は近頃荒れているそうだから、着流し姿になったら浪人者にも見えるのかもしれない。

「侍の顔は、見れば分かるか」

「お侍さまの方は、壁の方に顔を向けていました。ちらと見ただけです。はっきり分かるかどうか」

自信がないらしかった。

店にいたのは半刻ほどだった。酒肴《しゅこう》の代金は、定蔵が払った。もちろん、何を話していたのかは分からない。顔を寄せ合っての話で、酒を楽しむといった気配ではなかったそうな。

夕方近くになって、再び川崎の組屋敷を訪ねた。このときには、川崎は戻ってきていた。着流し姿で、どこか荒んだ気配が潜んでいる。身ごなしには隙がなくて、それなりの剣の遣い手だと、向かい合っただけで感じた。

「どのようなご用か」

三人の訪問に、多少驚いた様子だった。

正紀はここで、日にちを伝えた上で、定蔵から居酒屋たぬきへ誘われなかったかと確認した。他に迫田も声をかけられていたことにも触れた。

川崎は問われた直後、わずかに顔を顰めたが、それは一瞬だった。動揺したとは、思えない。

「誘われたのは間違いない。しかしな、まだ酒が残っていたのでな、誘いを断り屋敷で一人で飲んでおった」

と答えた。

「ほう」

いかにも嘘くさいと感じたが、決めつけるわけにはいかなかった。

「それがどうだというのか」

逆に問われて返答に窮した。上野屋茂平治殺しに関わる話だとは言えない。まだなんの証拠も摑んでいなかった。手探りで手掛かりを探っている状態だった。

「いや、ご無礼いたした。別のご仁であろう」

そう言って引き上げた。

「川崎がたぬきへ行かなかったとして、ではいったい誰が行ったのでしょう。こちらがまだ気のつかない何者かが、いることになります」

「川崎が、嘘を吐いたとも考えられますぞ」

源之助と植村は歩きながら意見を交わしていたが、決め手がない。

そこでたぬきのおかみに、川崎の面通しをさせることにした。

「これから、商いが始まるところですから」

おかみは渋った。正紀は北町奉行所の山野辺の名を出して、付き合うように言った。

「まあ、手間がかからないならば」

ようやく承知をした。

正紀たちは一升の酒を用意して、川崎の屋敷へ行った。正紀一人が川崎を屋敷の外へ呼び出して「ご無礼をしたお詫びの印」と告げて、酒を渡した。おかみに川崎の姿を見せたのである。

川崎は酒を受け取り、正紀もすぐに引き上げた。

通りでは、源之助らとおかみが様子を見ていた。

「あのお侍のようにも思えますが、違うかもしれません」

もう少し背が高かったかもしれないとも言い足した。川崎がたぬきへ行ったとは、断定できなかった。

第四章　暴れ川

一

　翌日は雨になった。庭の紅葉は、黄、赤、茶、緑が交じって、濡れそぼっている。風で飛ばされた錦木《にしきぎ》の葉が、縁側を濡らしていた。じめじめしている。大川の水嵩は増していると聞いて、重い気持ちになる正紀だ。

「利根川が気になるぞ」

　ついそう呟いてしまう。

「明日、濱口屋の荷船が、関宿経由で高岡河岸へ向かいます」

　朝の打ち合わせの折に、井尻が報告した。下り物の醬油《しょうゆ》樽だとか。手代がやって来て、報告したそうな。

「利根川も江戸川も、水嵩が増しているのではないか」

と佐名木が尋ねた。

「納期があるので、多少荒れるくらいならば運びたいのでございましょう。醬油樽ならば、濡れて困る品ではございませぬ」

井尻が答えた。濱口屋では、川止めにならない限り運ぶつもりらしい。船問屋は、荷を運ばなければ干上がってしまう。それなりの無理は承知の上だと、主人の幸右衛門は前に言っていた。

「濱口屋の納屋からは、昨日百石船で荷が北浦へ運ばれました。その分は空いていますが、すべては納まりきれませぬ。残りの荷は、藩の納屋に納めることになります」

井尻は細かいから、運航の記録は細大漏らさず取っていた。融通は利かないが、そういう点では有能だ。

そして今日も、国許の河島から文が届いた。一昨日に続いてである。

「どうも、穏やかではないようですな」

佐名木が、開いた書状を示して言った。

利根川が、各地で暴れ始めた。長雨で本流の水嵩が増している。そこへ支流からも水が流れ込んだ。関宿から下流になると川幅もあるが、それでも増える水に抗しきれない。何か所か提が切れたと知らせてきていた。

「刈り入れが済んだ後とはいえ、始末は面倒でございましょうな」

井尻はため息を吐いた。

「船着場の補強もさせようと存じます」

井尻が続けた。万一に備えてだ。暴れん坊の利根川は、何をしでかすか知れたものではなかった。

また書状は、それに劣らぬ厄介なことを伝えてきていた。

「棄捐の令を望む声が、下士だけではなくなったようでござります」

国許全体で、棄捐の令を望む声が上がってきたとの知らせだった。重臣の中には、それをよしとする者も現れた。佐名木はため息をついた。

「もはや河島の手には負えなくなったということか」

「どうも、そのようで」

何もなければ、立て続けに文を寄こすような男ではなかった。

「困ったものだな。棄捐の令の都合のよい点だけが、伝わったのであろう」

「殿か正紀様が行って、抑えねばならないのでは」

大げさではないと、佐名木の顔は告げていた。

「それがしのところには、殿に棄捐を勧めてほしいとの文が多数届いておりまする」

井尻が言った。井尻は、棄捐の令を出してもよいという考えだ。

「しかしな」

高岡藩が抱える問題は、それだけではなかった。河岸に新たに建てる納屋の資金についても、まったく目処《めど》が立っていなかった。支払い期限は、今月いっぱいになっている。

正紀は前に借りることになっていた八幡屋へ足を運んだが、色よい返事は得られなかった。他にもいくつか店を当たったが、無駄足になった。

そして納屋の材木の仕入れをする常総屋からは番頭が来て、入金の確認をしてきた。

「残金の四十両をお支払いいただけませんと、品は出せません。前金の十両は、そのまま納めさせていただきます」

交わした証文を盾に言われた。

「しばし待ってはもらえぬか」

「それはできません。約定をそのままにしては、いつ何があるか分かりません」

いかにも棄捐の令を踏まえた言葉だった。

武士との取引において、商人側からの証文遵守の要求が厳しくなった。これは高岡藩に対してだけではないらしい。

常総屋の番頭が引き上げた後で、井尻が算盤《そろばん》を弾き直した。

「前金の十両を、失うわけにはまいりませぬ」

算盤から顔を上げた井尻は言った。余分な金は、どこからも出てこない。

打ち合わせを済ませた後、正紀は一人で霊岸島の桜井屋の江戸店へ行った。今日は隠居の長兵衛が、下総行徳から江戸へ出てきている日だった。

だめでもともとという気持ちで、金主を紹介してもらうように頼むつもりだった。金貸しは、貸さなければ商いにならない。取りはぐれを怖れて、貸し渋っていると正紀は踏んでいた。返せるめどを伝えれば、貸す者はいると考えた。

「ようこそ、正紀様」

長兵衛は、気持ちよく正紀を迎えた。白髪《しらが》で老齢のはずだが、膚のつやは年を感じさせない。隠居は名ばかり、老練な商人だ。

「長雨で、どこの川もたいへんなようだな」

桜井屋も、利根川や江戸川を使って塩を輸送しているから、川の状況には目を凝らしていた。

「まったくです。今は年貢米の輸送もありますので、多少の無理はしなくてはなりません」

「桜井屋の塩は、どうか」

手広くやっているから、高岡河岸だけを利用しているわけではなかった。取手にも荷を置くし、関宿から利根川の上流にも塩を運ぶ。知り合った頃よりも、商いを伸ばしていた。

ひとしきり近状《きんじょう》を報告しあってから、正紀は言いにくかった頼みごとをした。前に紹介された八幡屋からの借り入れを断られたところから始めて、他の金主を紹介してもらえないかと伝えた。

するとそれまで穏やかだった長兵衛の顔つきが変わった。

「今は、お武家にお金を貸す商人などありません。貸している者は、手を引きたいと考えています。そのわけは、お分かりでございましょう」

「そうだな」

商人として当然の言葉だった。濱口屋幸右衛門と同じだ。

反論はできない。こうなると五十両の借り入れは願っても叶わない話だ。

「いや、余計なことを申した」

正紀は情に縋《すが》ろうとした己を恥じた。とはいえ、それで解決するわけではなかった。

屋敷に戻った正紀は、正国に面会を求めた。苦し紛れである。

「宗睦様に、借用を頼めないでしょうか」

無心をしているのではない。

「それは無理だ」

あっさり返された。正国にしても正紀の苦衷《くちゅう》は分かっているが、できない相談だった。

「高岡藩に貸し出せば、どうなると思うか」

「はあ」

「一門の諸家も借り入れを申し込むぞ。苦しいのは、高岡藩だけではない」

「それは、いかにも」

気持ちが沈んだ。

「すべてには貸せぬから、あそこには貸してあそこには貸さないとなる。それでは、一門の結束を揺るがすことになるのではないか」

宗睦と高岡藩だけの問題ではないと告げられた。それでもとは言えなかった。正紀は過去に、宗睦から二千本の杭を買うための金子を出してもらったことがある。すでに世話になっていた。

二

正紀が桜井屋へ出向いていた頃、植村と源之助は雨の中を、迫田寛五郎と川崎喜八について調べを続けていた。

「まずはっきりさせなくてはならないのは、茂平治が襲われたときに、迫田殿と川崎殿がどこにいたかですね。どこにいたかはっきりすれば、下手人から外れます」

源之助が言った。本所の武家地の道を、水たまりを避けながら歩いてゆく。

「さようですな」

植村は返した。源之助は年若だし部屋住みではあるが、佐名木家の跡取りである。いずれは上役になるから、植村の物言いは丁寧になった。

「次は犯行を依頼したと考えられる番頭定蔵との間柄、そして実行をしたのならば金子か何かの利益を得ているはずですから、その使いぶりを明らかにする。探るのは、そのあたりでしょうか」

源之助が、探索の要点を整理した。

「そんなところでしょう」

「迫田殿は、気持ちとしては白ですが念のためです」

「それがしも、同じ考えでござる」

「定蔵が打ち合わせをした居酒屋たぬきへは行っていませんが、打ち合わせは他の場所でもできます」

源之助は万事大雑把な植村とは違って、すべてに念入りな質《たち》だった。話していて「なるほど」と思うこともある。雨をついても、もう一度迫田屋敷へ行こうと初めに口にしたのは源之助だった。

無役の迫田は、今日も屋敷にいた。長患いだった妻女を亡くして、外へ出る気力も失くしたのだろうか。

再度の訪問を詫びた上で、源之助が犯行のあった九月二十四日の夕刻以降の居場所について尋ねた。

「あの日は、妻郷の具合がいよいよ悪くなった。虫の息でな。もう長くはないと悟ったゆえ、夜明けまで枕元におった」

医者に診せたかったが、金がなくてできなかったと無念そうに付け足した。

郷が息を引き取ったのは、二十五日の早朝だったと前に証言していた。共に枕元にいたのは、十二歳の一人娘だった。他には屋敷に人はいなかった。したがって迫田が屋敷にいたことを証明できるのは、娘だけとなる。

「ご無礼いたしました」

これで迫田屋敷から引き上げた。

「迫田は、外の者に見られず屋敷から出られたことになりますぞ」

道に出たところで、植村は言った。

「しかし危篤の妻女を置いて、人を斬りに行くでしょうか。上野屋に恨みはありません。金で依頼を受けたとしても、妻女が亡くなっては、意味がありません」

「それはそうですな」

「迫田殿は、白と見てよいのではないでしょうか」

源之助の言葉を耳にして、次は下谷の川崎の組屋敷へ行った。こちらは怪しいと睨んでいる。当人に直に訊くのは、今は得策ではないと考えた。そこでまずは近所の者に尋ねることにした。

東両国《ひがしりようごく》の広小路で、饅頭の包みを五つ用意した。この代金は源之助が支払った。

父から銭を預かってきたとか。

雨だからか、外に出ている者は見当たらない。川崎の住まいはしんとしていて、人がいるようには感じられなかった。そこで道を隔てた向かいの屋敷へ行った。出てきたのは、隠居の老人だった。饅頭の包みを一つ出し、源之助が問いかけをした。

「九月二十四日の夕刻からですが、川崎殿は屋敷においでになったでしょうか」

饅頭を受け取ったからか不快な顔はしなかったが、問われた老人は、困惑の表情になった。いきなり日にちを言われても、十日も前のことだ。自分の身にあった出来事でさえうろ覚えに違いない。まして向かいの屋敷の話である。

そこで植村は、思いついたことを口にした。

「あの日は長雨がいったんやんで、晴れ間が出申した。夕刻前には、空に見事な虹が架かった日でござるが」

「それならば」

老人は、その日のことを思い出したらしかった。

「確かにあの虹は見事であった。拙者は部屋の縁側から眺めた。川崎家のことは知らぬ」

済まなそうな顔をした。源之助はかまわず問いかけを続けた。外出の場を見ていなくても仕方がないと考えたのだろう。

「川崎家には、御家人株を売るのではないかという噂がありました。まことでございましょうや」

剣術道場の弟弟子が、暮らしぶりを案じているという芝居をして、源之助は問いかけていた。植村はその様子を、口出しをしないでみている。

「確かに、そういう噂は耳にした。酔って遅く帰ってくることもあった。賭け事にも手を出したらしい。ただな、最近町の金貸しに、借金を返したという話があったぞ。嘘かまことかは存ぜぬが」

「なるほど」

感慨深そうに、源之助は頷いた。老人はほら話と受け取ったようだが、源之助は手応えを感じたはずである。もちろん植村も同様だ。茂平治や用心棒を斬っていれば、それなりの金子は懐に入っただろう。

「川崎殿は酒好きと聞きましたが、日頃はどこで酒を飲むのでしょうか」

これについては、分からないと返された。

「いや、助かり申しました」

二人は礼を言って、屋敷を出た。

次は隣家の、昨日話を聞いた若い新造の屋敷へ行った。出てきた新造に饅頭を渡し、久しぶりに晴れて虹の出た日の川崎の行方について尋ねた。

「ええと、ああ」

新造は思い出したらしかった。

「赤子が泣いたのです。ちょうど雨が止んだので、庭に出てあやしていました。そのとき川崎さまが、外へ出て行く姿を見ました。後ろ姿を何気なく見ていたら、虹が出ているのに気がつきました」

これならば、日時は確かだった。犯行のあった刻限までに、下谷から本郷方面に出ることも可能だ。

「いよいよ、川崎は怪しいですね」

内なる興奮を抑えるように、源之助は言った。

三軒目は、もう一軒の隣接する屋敷へ行った。そこで出てきたのは、中年の侍だった。非番の者らしい。ここでも饅頭を渡すのは忘れない。

「虹の出た日のことは、覚えているぞ。晴れが待ち遠しかったからな」

侍は言った。しかし川崎がその夕刻に外出をしたかどうかについては、分からないと言われた。金の様子についても同様だ。しかし川崎が日頃酒を飲んでいる店については知っていた。

「下谷御切手町の煮売り酒屋甲州屋《こうしゅうや》で飲んでいるのを見たぞ」

場所としては近い。立ち寄りやすい場所だと思った。もう一軒行って話を聞く。そこではこれといった手掛かりは得られなかった。二人は下谷御切手町へ向かった。江戸の外れで、寺に囲まれた町である。間口の狭い鄙《ひな》びた商家が何軒かあって、その中の一軒が甲州屋だった。店先に積まれた空の酒樽に、埃が積もっていた。店の敷居を跨ぐと、醤油の煮詰まったにおいがした。土間に縁台が二つ並んでいて、そこで飲み食いができるらしかった。飯時でもないので、客の姿はなかった。源之助が、店にいたおかみらしい女に問いかけた。一つ残っていた饅頭の包みも渡した。

「川崎さまですか」

名を告げても、すぐには分からなかった。しかし年恰好を伝えると、思い出したようだ。

「ええ。自分や、親しい人が博奕で儲かったときなんかには来ていました」

一人のときもあるが、博奕仲間らしい浪人者と一緒のときもあると付け足した。犯行のあった日について訊くと、その日は来ていないと言った。

「間違いないか」

「日は分かりませんけどね、あの虹の日ならば、間違いありません」

「たまに一緒に飲んだ侍は、どういう者か」

植村ならば止めてしまうところでも、源之助は念入りな問いかけを続ける。

「はっきりは覚えていませんけどもね、何でも前は、ご直参だったとか」

「ほう」

植村と源之助は顔を見合わせた。元直参ならば、御家人株を手放した者ということになる。

「名は何と」

植村が問いかけた。

「ええと、かげいとかなんとか」

うろ覚えだった。この数か月は、月に二、三度、事件後も一度だけ二人で飲みに来ていた。

「賭場はどこか」

「何でも、この近くの荒れ寺だと聞きましたが」

それ以上は、甲州屋のおかみには分からないらしかった。

「賭場の場所が分かる者を知らぬか」

と尋ねると、御切手町で鍛冶屋《かじや》をする呉兵衛《ごへえ》という者を紹介してくれた。

町の外れで、やや路地に入ったところに仕事場があった。薄い白髪頭の老人で、筋骨は逞しい。とはいえ、植村と比べると一回り小柄だった。荒れ寺の賭場がどこかを訊いた。

「さあ、しりやせんね」

ととぼけた。博奕はご法度《はっと》だから、初めて顔を見せた者にべらべら喋るとは思えなかった。

「その方から聞いたとは、誰にも言わぬ。どのあたりか、指で差してくれるだけでいい」

しかしそれでも、呉兵衛は知らないと首を振った。

「ならば仕方がない。町奉行所の与力を連れて来よう」

と脅すと、ようやく指を差した。

植村と源之助は、そちらへ向かった。しばらく歩くと、それらしい建物が見えてきた。山門は崩れかけていて、境内は手入れのされない草木で覆われていた。

「賭場となると、大騒ぎになるかもしれませんね」

「それはそうだ。どういたしますか」

自分の方が歳上で相手は部屋住みだが、指図を仰ぐ言い方になっていた。

「必ず見張りの者がいると思います。そやつを外へ引きずり出して、問い質しましょう」

「なるほど。川崎は常連らしいからな、顔と名ぐらいは覚えているでしょう」

ということで、周囲を一回りした。すると人が出入りできるような、土塀の崩れた箇所が見つかった。二人で中に入った。地べたには、濡れた落ち葉が積もっている。

数歩進んだところで、人の気配がした。現れたのは二十歳《はたち》前後のやくざ者らしい男だった。

「どういうご用ですかい」

胡散臭《うさんくさ》い者を見る目を向けてきた。

「いやちとな、そなたの体を借りたい」

植村は言うと近寄り、いきなり下腹に拳を叩き込んだ。ここで問答はしない。騒ぎになって他の者が現れたら面倒だ。

「ううっ」

男は呻き声をあげて倒れかけた。その体を、植村は肩に担いだ。容易《たやす》いことだった。

植村と源之助は、荒れ寺の敷地から外へ出た。

「何事だ」

境内で声を上げる者がいたが、二人はかまわず走った。振り向きもしない。寺町を抜けると、田圃《たんぼ》が目の前に広がった。その外れに雑木林があった。

気絶した男を、そこへ運んだ。源之助が活を入れて、正気づかせた。

「くそっ」

気付いた男は逃げようとしたが、そうはさせない。植村が腕を摑んで引き倒し、上から押さえつけた。

「正直に話さぬと、痛い目に遭わせるぞ」

やくざ者はしばらくもがいたが、植村が力を入れて押さえると悲鳴を上げた。そこで源之助が問いかけを始めた。

「賭場の客で、直参の川崎喜八という者がいるはずだ。存じておるな」

「知らねえ」

と答えると、植村がさらに力を加えた。それでようやく「知っている」となった。

「親しくしている浪人者がいるはずだ。どこの誰か言え。正直に言わなければ、腕一本を失うぞ」

こういうとき、植村の巨軀と腕力は役に立つ。充分な脅しになったらしかった。

「掛江房之助という浪人者だ」

「住まいはどこだ」

「そ、そこまでは、知らねえ」

半年くらい前から川崎と連れ立って、あるいは一人でやって来たそうな。ともあれそれで、男を解放した。

「掛江房之助なる名は、どこかで聞いたことがありますね」

源之助が言った。そう言われてみると、植村も聞き覚えがある気がした。

「ああ、上野屋の元札旦那ではないですか」

昂《たかぶ》る気持ちを抑えるようにして、源之助が告げた。山野辺が上野屋の跡取り茂太郎に、茂平治を恨む者はいないかと尋ねたとき、挙がった名である。行方が知れなかったので、調べようがなかった。

思いがけないところで、その名が飛び出してきたのだった。

三

下総高岡でも、長雨になっていた。雨にけぶる川面《かわも》は、対岸を白い靄《もや》の中へ隠した。日に日に水嵩は増して、流れも激しくなっていた。

高岡河岸の納屋番橋本利之助は、穏やかならざる気持ちで利根川の流れに目をやっていた。高岡生まれで、物心ついたときから利根川を目にし、その流れの音を耳にして過ごしてきた。

「今、利根川は極めつけに不機嫌だ」

と分かる。それをなだめる手立ては浮かばない。

昨日今日と、川を行く荷船の数はだいぶ減った。それでもなくなったわけではなかった。

納期が迫っている品は、川止めがある前に運んでおきたいと、船問屋も船頭も考える。一度川止めになれば、いつ荷を運べるか分からない。

今日になって、高岡河岸にも荷が運ばれてきた。霞ケ浦の河岸場からの地廻り酒百樽だった。これは藩の納屋に納めた。

銚子から運ばれてきた醬油樽二百樽は、今日中に江戸へ運び出される手筈になっていたが、荷船はまだ来ていなかった。明後日の夕刻には、江戸から下り物の淡口《うすくち》醬油が運ばれてくる。これは空いている濱口屋の納屋に入れる予定だが、入りきらない分は藩の納屋に入れるという指図を受けていた。

荷を納めるのはかまわない。それは役目だ。ただ気になることがあった。高岡河岸は、地盤が弱い。土手にある納屋が満杯になると、万一提が切れた場合が心配だった。

世子の正紀が高岡藩に婿入りする前、二千本の杭を使って護岸の普請を行った。そして三つの新しい納屋ができ、藩と百姓たちに銭をもたらしてきた。

だから橋本は、納屋の番人として周辺や船着場の状況には気をつけてきた。普段でも土嚢《どのう》を拵えておき、弱い部分の補強をしてきた。

そして今日、三棟並ぶ納屋の地盤を検めて、桜井屋と濱口屋の間の堤が脆《もろ》くなっていると感じた。できるだけ早く修理が必要だった。

納屋の管理は藩が行ったが、建物の修理は持ち主が高岡藩からの報告を受けて行った。船着場と護岸の整備は、藩が行わなくてはならなかった。だからこそ、運上金や冥加金が得られるのだった。

そこで橋本は、提の補強について改めて藩の普請頭角舘《かくだて》太兵衛《たへえ》に申し出ようと陣屋へ赴いた。

すると陣屋内は、いつもと様子が違った。門番はいたが、どこか気もそぞろだった。

「何があったのか」

と問いかけた。

「藩士の多くが、大広間に集まっておる。河島様を囲んでな」

「ああ」

なぜ集まっているかは、すぐに分かった。江戸であった棄捐の令についてに違いなかった。借金が棒引きになると耳にした藩士たちは、熱に浮かされたように話し合った。

高岡河岸ができて、先行きに微かな明かりが見えてきたのは明らかだ。百姓たちは人足《にんそく》仕事などで、日銭を得始めた。しかし藩士たちは、まだその恩恵に与ってはいなかった。

禄米を担保にして、ほとんどの者が出入りの米商人から金を借りていた。江戸のような派手な暮らしはしなくても、食うのにかつがつだった。下級藩士の中には、米など一度も口にしないまま一年を過ごす者さえあった。

国許にいる侍やその家族は、話で聞く江戸での暮らしが夢物語のように感じた。勤番を終えて帰国した者たちは、その煌《きら》びやかさを語った。しかし江戸の暮らしは、実は借金にまみれていたと知った。

さもありなんと思っていたら、抱えていた借金を帳消しにするという棄捐の令が発布された。

「江戸の者たちは、どこまで恵まれているのか」

羨望と妬みの矢は、多くの者の胸に突き刺さった。

「高岡藩でも棄捐の令を」

そう願う声が出るのは必然といえた。殿様である正国や世子の正紀に不満があるわけではない。一揆の折の正紀の振る舞いを、誰もが忘れてはいなかった。

角舘も大広間にいるというので、橋本も足を運んだ。

部屋に入って驚いた。陣屋に詰める藩士の八割がたが集まっていた。河島の他にも、重臣の顔が見えた。河岸場の話ができる状況ではないので、橋本は藩士たちの後ろに腰を下ろした。

騒然というほどではないが、興奮気味の者は少なくなかった。

「二割の貸し米がなくなるならばともかく、それもない。これではいずれ息もできなくなりますぞ」

「いかにも、でござる」

「棄捐の令は、藩が困るわけではござらぬ」

と叫んだ者もいた。

「おう」

複数の声が上がった。藩を困らせるわけではない、ということが集まった者たちの気持ちを大きくしていた。

話が伝わったときから、徐々に棄捐の令を望む声は大きくなった。普請頭の角舘までが、棄捐の令を求める立場になっていたので、橋本は驚いた。

一日の役務を終えて、正紀は京の部屋へ行った。激しくはないが、雨音が部屋の中に響いていた。

一日の終わりに、京と会話を交わす中で片づかない問題について考えを深めたり進めたりできる。ときには、思いがけない意見を聞いて驚くこともあった。

京の上からの口ぶりも、そういうときには気にならず、正紀は耳を傾けた。

五十両の材木代。国許の棄捐を求める声。長雨による利根川の増水。辻井家の冤罪。どれも捨て置けないものばかりだった。そしてうまくいくめどは、どれも立っていなかった。

「困ったぞ」

つい、弱音が出た。

これまでもいろいろなことがあったが、いくつものことが重なったわけではなかった。しかし長雨を除けば、棄捐の令を端緒《たんしょ》にして、そこから起こってきた出来事だった。

　するといつものように、京はつんとした表情になった。そのときは弱音を口にしたことを後悔したが、遅かった。こういうとき、自分はまだ甘いと思う。

「すべての問題を、一緒に解こうとするからいけないのです」

　いつもの上からの口調だった。

「どうすればよいのだ」

　少し不貞腐《ふてくさ》れたような言い方になったのが、自分でも分かった。

「何が一番、大事なのでございましょうか」

「すべてだ」

　これは本音だ。

「それはそうでございましょうが」

　嘲笑された気持ちになった。京は続けた。

「高岡藩を束ねる立場として、何が大事かということでございます」

「ううむ」

　正紀は首を捻った。そういう考え方は、まだしていなかった。

　まず辻井家の一件は心情としては大事だが、私事といってよかった。棄捐の令を望む声を収めるのは大事だ。定信の轍《てつ》を踏んではいけない。そして高岡河岸は、今後の藩の命運を握っている。そのためには五十両を作らなくてはならないが、万一納屋に変事があって荷を川に流すようなことがあったら、高岡河岸は続けられなくなる。納屋を使う者はいなくなる。

にわかに高岡河岸の納屋の状況が気になった。納屋番の橋本は、その維持に力を注いでいる。けれども多くの藩士は、棄捐の令に心を奪われていないか。堅物の井尻でさえ、実施してよいのではないかという考えを持っていた。

船着場や納屋の保全が疎《おろそ》かになってはいないか。新たな納屋も大切だが、まずは今ある納屋を守ることが一番ではないかと思い至った。水害は人を待たない。

だとしたら何をするか。

「手っ取り早いのは、おれが高岡へ行き指揮をして納屋を守ることだ。その上で、棄捐の令に対する考えを、おれの口から伝えればいい」

胸に浮かんだことを口にしていた。

「そうお考えならば、なされればよいのでは」

変事があったときには、正紀は病と称して奥に引きこもり、密かに屋敷を出て高岡や他の遠隔地へ出向いた。しかも正国が江戸にいるから、かえって出やすかった。

辻井に関する調べは、植村と源之助が進めている。しばらくは二人に任せることにした。

正紀はすぐに正国と佐名木に会って、高岡に赴く旨を相談した。

「行くがよかろう」

正国が言った。二人とも、国許のことは気になっていたらしかった。

四

翌未明、正紀が目を覚ますと、まだ雨の音がした。京は、すでに身支度《みじたく》を終えており、正紀のための旅の衣装を差し出した。

たっつけ袴に替えの草鞋《わらじ》まで用意してあった。京は正紀の身支度の手伝いをした。

「お気をつけて」

「うむ」

孝姫は眠っている。その顔を正紀は眺め、そして顔を近付け、鼻から吐き出す息を吸い込んだ。しばらく顔を見られないと思うと、愛おしさも増した。

外は小雨だった。まだ暗い中、蓑笠を着けて、青山を供に正紀は高岡藩上屋敷の裏門から外へ出た。表向きには病で奥に引きこもる、ということになっている。見送る者はいなかった。

明け六つ（午前六時）過ぎに、濱口屋の三百石船幸龍丸《こうりゆうまる》が、仙台堀《せんだいぼり》伊勢崎町の船着場から下り醬油を積んで、関宿経由で高岡河岸へ運ぶ。正紀と青山は、この船に乗ることになっていた。

主人の幸右衛門には、昨夜のうちに伝えていた。お忍びの旅だから、正紀の名は出さない。すでに荷は積み終えていて、藩士二人が乗ると幸龍丸は出航した。船頭は益《ます》造《ぞう》という中年男だ。

正紀も青山も、高岡へは水路を使って何度も出向いている。ただ益造の船に乗るのは初めてだった。

「水嵩は、いつもよりもだいぶ増していますね」

青山が言った。

「この分では江戸川や利根川は、そろそろ川止めになるかもしれやせん。それまでに高岡河岸へ着きてえところです」

益造もそう口にした。

江戸川に入ると、流れは激しくなった。航行する船は少ない。難破を怖れるからか、小舟の姿は見かけなかった。益造や水手《かこ》たちは、巧みに帆を操って川を遡《さかのぼ》って行く。

夜になって、関宿に着いた。

「危ねえので、利根川に出るのは明日の朝明るくなってからにしやす」

益造は言った。幸龍丸は、船着場に係留した。正紀らは、近くの旅籠で一夜を明かすことにした。揺れが激しかったから、降りてもしばらくは体が揺れているような気がした。

正紀の命を受けた植村と源之助は、浪人掛江房之助を捜すことにした。名は挙がっていても、これまでは調べを入れられなかった。ようやく本腰を入れる。

とはいえ広い江戸の中から、たった一人の浪人者を捜すのは容易ではない。岡っ引き吉次が手をつけなかったのも頷けた。

「川崎に尋ねるのが、手っ取り早いのではないか」

「知っていても、仲間ならば言わないでしょう。またこちらの動きに気付かれます」

「そうですな」

提案は、あっさり却下された。相変わらず指図を受ける形になっている。しかし源之助は、上士の家の者だと威張るわけではなかった。

「浅草寺門前の居酒屋たぬきへ行ったのは、掛江かもしれません」

その浪人者は、川崎と月に二、三度、御切手町の甲州屋に顔を見せるだけだった。住まいについて話すことは、なかったのだろう。

こうなると掛江に繋がるのは、出入りをしていた上野屋しかない。とりあえずはそこで、掛江と親しかった者を訊くことにした。

蔵前通りに出ると、まだ戸を閉じたままにしている札差の店舗が目についた。

「張り紙が貼ってあるぞ」

植村は近づいて、文字に目を走らせた。

「近くある切米については滞りなく代理受領と換金は行うが、貸し出しについては手元金不足のためにできないというものですね」

読み終えた源之助が言った。切米をやらなければ、大騒動になる。それを踏まえての張り紙だった。

「今は貸せないが、切米まで待てということですね」

源之助が続けた。

「しかし揉めている店もありますぞ」

店を開けている札差のところで、札旦那らしい侍が声を上げていた。

「これまでは、先の年の分まで借金があると言われ、借りることができなかった。しかし今は、棄捐の令で借金はなくなったはずだ。なぜ貸せぬ。言うことが違うではないか」

札旦那は、借金がなくなれば借りられると思っている。

「商人の気持ちを分かっておりませぬな」

「定信様と同じでございます」

思いがけず源之助が厳しいことを口にしたので、植村は驚いた。

「棄捐の令があったからといって、暮らしが楽になるわけではないからな」

「借金苦から逃れられたと思っている直参だが、実は自分の首が絞まってきたと、身をもって感じ始めたわけですね」

通りかかった豆腐の振り売りに、様子を訊く。すると店を開けている札差の奉公人と札旦那の間に、悶着が多くなっているとの返答があった。

助けてくれたはずの定信への不満が募《つの》っている様子だった。

上野屋へ行って、主人となった茂太郎に面会を求めた。北町奉行所の山野辺の名を出したので、手間取ることなく会えた。

茂太郎は、実際に掛江と話をした手代を呼び、掛江が親しかった者の名を挙げさせた。

「親しいといっても、どれほどのお付き合いなのかは分かりません。また今でもお付き合いをしているかどうかは存じません」

手代はそう断ったが、四人の札旦那の名を告げた。早速向かうことにした。

雨は降り止まないが、小ぶりなのは幸いだった。滑らぬように、気をつけて歩いた。

まず行ったのは、浜町堀《はまちょうぼり》の東にある直参の屋敷だった。ここは当主が登城をしていて、会うことができなかった。そこで次は、両国橋を東へ渡って本所界隈へ出た。

向かったのは、北本所の牛御前旅所《うしのごぜんたびしょ》近くの無役の直参の屋敷だった。

「掛江殿のことは覚えておる。株を売らねばならぬはめに陥ったのは、不運であった。あの者が酒や賭け事で借財をこしらえたわけではない。代々の借金が積もって、首が回らなくなったと聞く。かれこれ、四年も前になるか」

侍は言った。惜しむ口調ではあったが、浪人者となってからは一度も会っていないと話した。どこで何をしているのかも分からないとか。

「そういえばあの者には、美しい妻女がおった。どうしているか」

と付け足した。

「妻女の名は」

源之助が確認をした。

「梅《うめ》といったと思うが」

一度屋敷を訪ねたことが、あったそうな。

「夫婦仲は、よさそうだったが。離縁となったのであろうか」

次は同じ本所だが、竪川《たてかわ》の北、大横川《おおよこがわ》に近いあたりに屋敷を持つ無役の御家人だ。

ここも屋敷は古く、手入れが行き届いているとはいえなかった。

「掛江殿のことは、存じておる。他人事とは思えなかった」

この直参も、掛江に対しては悪い印象を持っていないようだ。返答は、こちらが期待したものではなかった。

「屋敷を明け渡す数日前に、餞別《せんべつ》を届けに行ったが、そのとき以来会ってはおらぬ」

「噂を聞くことも」

「ないな」

一軒は留守だったが、二軒続けて知らないと返されると気が滅入った。まあ知らなくても仕方がないことを、こちらは訊いている。しかし源之助は、簡単には諦めない。

「掛江殿には、梅殿というご妻女があったと聞きますが、いかがなされたのでございましょう」

「ああ、それならば」

最後に話を聞いた中年の直参は、何かを思い出した顔になった。

「直参ではなくなったときに離縁した」

中年の直参は続けた。

「ところがおかしなものでな、二年ほどした後で、竪川の一つ目橋《ひとつめ》の近くでばったり会った」

「話をしたのですか」

「いや、しなかった。直参らしい者と一緒だった。どうやら再嫁《さいか》したらしい。それでは、声はかけられまい」

その頃梅の歳は二十六、七くらい。ならば再嫁してもおかしくはないだろう。

「離縁となった娘を実家が引き取って、後妻にでもやったのではないか」

「どのような様子でしたか」

源之助は続けた。

「ううむ。ちらと見ただけだからな。ただ雰囲気は変わった。前は明るかったが、そういう感じではなかった」

四年前に離別した妻女が、浪人となった元の夫の行方を知っているとは思えない。

五

幸龍丸の荷は、関宿で少量入れ替えられた。そしてまだ夜が明けきらないうちに、出航した。小雨は降り続いている。

利根川は、江戸川よりも水嵩を増して、どうと音を立てて流れている。水も濁っていた。

「ぼやぼやしていたら、川止めになります」

「いや、なんとしてでも高岡河岸に行かねばならぬ」

益造の言葉に、正紀は応じた。

小舟では激流に呑まれてしまう。三百石の荷船だから、かろうじて航行を続けられていた。

幸龍丸は、驚くほどの勢いで利根川を下ってゆく。帆を立てているが、それは勢いをつけるためではない。下る勢いを抑えるために使っていた。

「帆は、どんな風にでも使えなくちゃあ、一人前の船乗りにはなれませんぜ」

自慢げに水手の一人が言った。

幸龍丸は激しい流れに、木の葉のように揺れた。ぼんやりしていると、甲板から川に放り出される。雨と水飛沫《みずしぶき》で誰もがずぶ濡れだ。正紀と青山は、船端《ふなばた》にしがみついた。取手河岸を過ぎると、高岡河岸が近づいてくる。

朝は小雨だったが、勢いは徐々に増してきた。風も出ている。鉛色の雲が、空を覆っていた。

けぶる雨で、下ってゆく川の先がよく見えない。高岡河岸の三棟の納屋は、靄の中にいきなり現れた。

「気合を入れろ。へまをすると、船着場を行き過ぎてしまうぞ」

益造が叫んだ。そうなったら、面倒なことになる。

船着場に近づく、十人ばかりの百姓たちが現れた。誰もが濡れ鼠になっている。幸龍丸の到着を待っていた村人たちだとわかった。村人に交じって、納屋番の橋本の姿もあった。

水手の中でも老練な者二人が、それぞれに艫綱《ともづな》を握った。これを船着場の杭に掛ける。

船体は船着場にぶつかるくらいの勢いで近づいた。船着場でも、橋本や村人が身構えていた。

「やっ」

二本の艫綱が投げられた。先端が輪になっている。一本は、杭を外した。しかしもう一本は、橋本が摑んで、一瞬のうちに杭に嵌めた。

次の瞬間、縄は一本の棒になった。荷船はがくんと船体を揺らした。しかし下流に流れて行くことはなかった。もう一人の水手が、新たな縄を船着場にいる者に投げた。

身構えていた者が、それを受け取った。

村人たちが力を貸して、慎重に縄を引く。足を滑らせ、川に落ちたらそれでおしまいだ。しかし躊躇う様子も怖れる様子もなく引いて、船体を船着場に横付けした。

「急げ」

橋本が叫ぶと、村人たちは船に乗り込んだ。醬油樽が、船から運び出される。濱口屋の納屋がいっぱいになると、藩の納屋へ入れた。

「滑るぞ、気をつけろ」

正紀も、声の限りに叫んだ。足を滑らせて流れに落ちたら、村人の命を救うことはできない。

半刻近くかけて、すべての醬油樽を納屋に納めた。すべての納屋は、荷でいっぱいになった。

「ふうっ」

荷運びをした村人たちは、さすがにへこたれたらしかった。晴天でも、樽は運びにくい。それを風雨の中、足場に気を配りながら運び終えたのである。係留している船の揺れを少なくするように努めた水手たちも、疲れは同じだろう。

納屋の軒下にへたり込んだ。

そこへ、大ぶりな土瓶と茶碗を持った村の女房たちがやって来た。白湯《さゆ》を振る舞ったのである。

「ありがてえ」

益造や水手たちは喜んだ。

村人たちは納屋の大切さが分かっているから、船頭や水手たちを大事に扱っているのだ。

「これは、正紀様」

この段階で、橋本と小浮《こぶけ》村の名主彦左衛門《ひこざえもん》の倅中彦《さるひこ》が気がついた。

「お忍びだ。騒ぎ立てるな」

と伝えると、二人は頷いた。正紀がいきなり現れることは、これまでにもあったので、二人とも心得たものだ。

荷を下ろした幸龍丸は、船体が軽くなったからか激しく上下に揺れていた。重厚な船体が、まるで小舟のようだった。

荷運びをしている間にも、水嵩は増していった。川面に目をやっても、航行している荷船は一艘もなかった。

「川止めになっているのではないか」

「そうかもしれやせん」

正紀の言葉に、益造は頷いた。事ここに至っては、さすがに出航は無理だと察したらしかった。船乗りは、益造と水手たち合わせて八人だった。

「村の者の家に、泊まってもらいましょう」

中彦が申し出た。何人かずつ分かれて泊まる。

正紀と中彦には、浅からぬ因縁がある。利根川の土手の補強を求めて江戸へ出てきた中彦と、まだ部屋住みだった正紀は、高岡藩上屋敷の門前で出会った。普請に関する事情を聞いて、力を貸す約束をした。

それ以来の付き合いだ。河岸に納屋を建てる際にも力を貸してもらった。

「それはありがたい」

船に泊まるという手もあったが、村人の家に泊まる方が万全だった。船乗りたちはすべて疲れている。

正紀と青山もお忍びで来ているから、すぐには陣屋へは入らない。二人は彦左衛門の屋敷に泊めてもらうことにした。

「河岸場と納屋の具合はどうか」

一息ついたところで、正紀は気にかかっていた件を橋本に問いかけた。

「されば、何度か納屋に近い土手の修繕を角舘様にお願いしておりました。しかしなかなか進みませぬ」

江戸には、その報告は来ていなかった。財政は厳しいが、必要な修理ならば、他のことをおいてもしなくてはならないだろう。

「検めてみよう」

そろそろ夕暮れどきだったが、外へ出た。三棟の納屋と船着場を検める。土手に出ると、水の礫《つぶて》が横から叩きつけてきた。

「一番気になるのは、濱口屋と桜井屋の納屋の間の部分の土留めです」

ここはほぼ三年前に、申彦らと土嚢を入れ杭打ちをしたところだった。何もないただの土手ならば、問題はない。しかし二棟の納屋の間で、力のかかる場所だった。万が一崩れたら、納屋は傾く。最悪の場合は、水に呑まれる虞《おそれ》があった。

利根川は、飛び切りの暴れん坊である。

「よし。万一のことを考えて、土嚢を置いておこう」

正紀は指図した。しかしそれは、あくまでも当座の処置である。他にも弱い部分はありそうだったが、すでに薄暗い。今日のところはそこまでにして引き上げた。

正紀はもちろん、青山や村の者、船頭や水手らも皆疲れていた。夕餉は米と麦交じりの雑炊を馳走になった。茄子《なす》の糠漬《ぬかづ》けは絶品だった。栗の甘露煮《かんろに》もうまかった。彦左衛門秘蔵の濁酒《にごりざけ》も供された。精いっぱいのもてなしだった。夕餉を済ませると、すぐに眠りについた。

夢も見ずに眠っていた正紀だが、体を震わすようなごうという地響きとも、獣の咆《ほう》哮《こう》ともつかない音で目を覚ました。初めは何かと思ったが、はっと気がついた。

「利根川の暴れる音だ」

呟くと、目が完全に覚めて飛び起きた。音は本物だった。すると他にも気づいた者がいるらしく、乱れた足音が廊下から聞こえた。

「正紀様」

襖が開かれた。声をかけてきたのは申彦だった。

「船着場と納屋が、このままでは危ないです」

「うむ。今からでも手入れをいたそう」

とはいっても、外は暗闇だ。ただ幸い、雨は止んでいた。龕灯《がんどう》や松明《たいまつ》、篝火《かがりび》などは使えそうだった。村にある明かりとなるものは、すべて使う。陣屋にも、人を走らせた。

「よし、行くぞ」

滑り止めのために、皆は草鞋を履いた。知らせを聞いた村人たちや益造ら船乗りたちも、集まってきた。

「明かりの届かぬところでの作業はならぬ。命を惜しめ。まずは土留めを運び、弱いところに組むのだ」

「ははっ」

できる作業をする。土嚢は、万一に備えて用意はしていた。しかし数に限りがあり、新たに作らせることにした。

まず濱口屋と桜井屋の間の土手を龕灯の明かりで照らした。

「おおっ」

水はぎりぎりのところまで来ていた。大きな波があると、夕方に積んだ土嚢を越える。間を置かず、川の水は納屋の下へ入り込むと思われた。

「手渡しで土嚢を運び、納屋に接する土手に積め」

土嚢が運ばれてくる。その間に、篝火が用意された。正紀と青山、それに益造が龕灯を手にした。土嚢を積む先を照らす。申彦と何人かの村人は松明を手にして、土嚢運びの道筋を照らした。

激流は収まらない。まるで生き物のようだ。土手に人がいると、波が舌を伸ばして呑み込もうとしているかに見えた。

「足場の悪いところへは、先に土嚢を置け」

村の者たちは慣れていて、わずかな明かりでも動くことができる。しかし水手たちはそうはいかない。そこで受け取った土嚢を土手に積む作業をしていた。

篝火だけでは明かりが届かないので、すべて龕灯で照らさなくてはならない。だがこのとき、怖れていたことが起こった。村人から土嚢を受け取った水手の一人が、泥濘《ぬかるみ》に足を取られたのである。

「わあっ」

尻餅《しりもち》をついた。運の悪いことに、ほぼ同時に波がざぶりとかかった。体が滑る。何かに摑まろうとしたが近くに適当なものがなかった。そのまま水の中に滑った。

正紀はその様子を見ていた。しかし手の届くところにはいなかった。

「杭だ、横の杭を摑め」

叫んだ。すぐに次の波が襲ってくる。

水手も、ぼんやりとはしていない。杭にしがみついた。しかし留まることのない激流は、杭と水手の体を呑み込もうとする。

手の届く場所ではなかった。下手に飛び込めば、飛び込んだ方が流されるのは目に見えていた。

「しっかりしろ」

益造も気がついて叫んだが、助けに行くことができない。

「縄だ。縄を持ってこい」

正紀の声に、村人が走った。「早く」と思うが、待つのはとてつもなく長い時間だ。水手は必死で杭にしがみついているが、今にも流されそうだ。もう数えきれないくらい大きな波を被っている。

やっと縄が届いた。先端を輪にした。機会は一度だけだ。水手の体力は、すでに限界に見えた。激流に揉まれながら、杭にしがみついているだけでも並大抵のことではないだろう。

上げた手に、輪の先をひっかける。その縄を、土手にいる者が引き上げるつもりだった。

「縄を投げるぞ。片手に輪を受けるんだ」

正紀は、三度叫んだ。水手は返事をしなかったが、こちらに目を向けていた。

「やっ」

躊躇っている暇はない。正紀は渾身の力を振り絞って投げた。輪は、杭にしがみつく水手の体めがけて飛んだ。輪を摑もうと、水手が片手を伸ばした。そこまではくっきり見えた。

だが次の瞬間、波が杭と水手を襲った。

水中に没した水手は流されたか、と思った直後、縄が強い力で引かれた。

「おお、摑んでいたぞ」

正紀は叫んだ。傍にいた者たちは、すでに正紀の後ろで縄を摑んでいた。

「引けっ、引けっ」

どれほどの者が縄を引いたか分からない。水手の体が、徐々に岸へ向かってきた。

そして土手際まで来たところで、益造が腕を摑んで一気に引き上げたのである。

「助かったぞ」

歓喜の声が上がった。水手と村人が互いに手を取って喜んだ。

それからは、さらに慎重に土嚢を積んだ。藩の陣屋からも、橋本を始め藩士たちが駆けつけ、すぐに作業に加わった。

明け方近く、激流に堪えられそうな土留めが出来上がった。

六

東の空から、徐々に明るくなった。昨日までの厚い雨雲は消えて、日が差し始めていた。

利根川の流れは変わらず激しいが、新たに土嚢を積んだ高岡河岸を襲う気配は見られなかった。流れの音も、闇の中で聞くのと明るい中で聞くのとでは、不気味さに違いがあった。

「おお、正紀様」

ここで藩士たちが、正紀に気がついた。一同は、正紀が公儀には内緒で高岡に来ているのを知っている。だから大袈裟に歓迎することはなかった。

久々に、からりと晴れた空になった。係留してあった幸龍丸も、無事だった。

「ありがとうごぜえやす」

船頭の益造は、改めて礼を言った。命拾いをした水手も、深々と頭を下げた。幸龍丸は、関宿や江戸方面に運ぶ荷を積みこんでいた。

正紀と藩士たちは、陣屋へ入った。

真夜中に起こされ、激流と背中合わせの中で作業をおこなった。すべての者たちに疲労感があった。けれども河岸場と納屋を守り切ったという満足感もあった。高岡河岸が藩の生命線であることは、誰もが分かっていた。

「放っておけば、納屋と中の荷は、川に呑まれていたのではないか」

高岡で生まれ育った者は、利根川の恵みと怖ろしさが身に染みている。

「我らの難事に正紀様がお見えになり、いち早く手を打たれた。それで救われたぞ」

と話す者がいた。

正紀は広間に藩士たちを集めた。

「棄捐の令についての、話ではないか」

「おお、いよいよご決断くだされたか」

藩士たちは、期待をこめて座についた。上士は前に、下士はその後ろに座る。河島は正紀の横にいて、橋本は一番後ろに座った。

「棄捐の令について、存念を述べてみよ」

正紀は一同を見回してから告げた。身分の上下を問わず発言させるつもりだった。

「数年にもわたる二割の貸し米は、家中の者の暮らしを追い詰めております る」

意を決したように口を開いたのは、馬廻り役の者だった。この発言に、多くの者が頷いた。

公式の場で、世子に向かってこのような発言をするなどは本来ならば許されない。しかし相手が共に汗を流してきた正紀だということで、発言したと思われた。存念を述べよと伝えた以上、正紀はその場での否定はしない。もちろん、肯定の言葉も発しなかった。

「次は」

話したい者には話させた。話す中身は、おおむね河島から聞いていたのと同じものだった。藩士たちが棄捐の令を望む声を上げるのは、相手が正紀というだけでなく、藩には負担がないと思うからだろう。これは江戸で聞いた、井尻の発言にもあった。

「他にないか」

途中で遮らず、すべて最後まで言わせた。

一通り言い終わると、一同は正紀に顔を向けた。正紀の言葉を待つ姿勢だった。

「その方らの、苦渋の暮らしは、よく分かった。毎年の二割の貸し米はきつかろう。ゆえに高岡河岸の納屋の活用を、推し進めたいと考えてきた」

　これについては、家臣たちも異存はない。目立った産物もなく、新田開発が難しい高岡藩に、他に道はない。正紀は続けた。

「棄捐を求める気持ちはよく分かる。商人たちは、貸し付けた金に利をつけて返済を求める。それで暮らす者だからな。返されなければ、あの者たちは食う道を失う」

「失っても、かまわぬ」

　という囁《ささや》きがあった。しかし多くの者は、正紀の次の言葉を待った。

「しかしかの者らも、己の暮らしを守らなくてはならぬゆえ、貸し渋りが起きる」

「…………」

「高岡河岸に四棟目の納屋を建てようという話がある。その材木を仕入れるために金子五十両を、江戸で借りる話になっていた。しかし棄捐の令があって、それが大名家にも及ぶことを怖れて、貸すのを取りやめると申してきた」

「な、なんと」

　仰天したらしく、一同がざわついた。

「では納屋は」

誰もが、四棟目の納屋を待ち望んでいる。新たな納屋ができることで、藩財政が立ち直ることを期待していた。

「前に貸した金を返さなかった者に、新たに貸すわけがない。誰でも、そうであろう。江戸では、商人たちは武家に金を貸さなくなった」

五十両を借りられなくなったわけを、察したらしかった。すぐには、声を上げる者はいない。動揺をしているようだ。

「納屋は、建てられぬのでございましょうか」

ようやく声が出た。

「そうではない。新たな手を講じておる」

いまだ目途は立たないが、正紀はきっぱりと言い切った。金は必ず何とかするという決意がある。それがなければ、家臣への説得はできない。

「この度の令は、愚策である。江戸の三貨の相場は混乱し、札差と直参の間は険悪になった。ご老中の松平定信様は、これを収める手立てをお持ちにならぬ。銭を借りることができない直参は、苦しむばかりだ」

「しかし、積もっていた借財はなくなりました」

そう告げた者がいた。

「確かに、借財はなくなった。だがそうだとしても、棄捐をなした後で、その方らは一切商人から金を借りずに済むのか」

正紀が返すと、家臣たちは顔を見合わせた。借りないで済む者などいない。

「我らができるのは、高岡河岸を賑わせるだけだ。昨夜もそうであったが、百姓たちは命じたわけでもないのに、力を尽くした。納屋があれば、村や己の利になると分かっているからだ」

ここで正紀は、再び一同を見回して続けた。

「おれは、高岡藩内に棄捐の令を出すのは反対である。貸し渋りをされて銭が回らぬようになるよりも、稼ぐことを考える。承知をいたすがよい」

同意を求めたのではなかった。決まっていることを、伝えたのだった。

「ははっ」

と声を上げたのは、青山や橋本を含めて数名だった。しかし異を唱える者はいなかった。

「仕方がない」

といった顔が多かった。未練があるのは間違いない。けれどもそれでいいと正紀は思った。苦しい暮らしをする者にとって、借財がなくなるのは夢だろう。

ただその夢は、誰かを泣かすのではなく、己の力で実現していかなければならない。高岡河岸の納屋の危機を、家臣と農民が力を合わせて守った。高岡藩には、目指すものがあった。

「棄捐の令の話は、以後厳禁である」

正紀は告げた。家臣たちには、体を休ませるように伝えた。

このとき正紀の頭に、松平定信と信明の面影が浮かんだ。はっきりと、異なる道を歩んでいると感じたのである。

正紀と青山は、翌日、陸路を馬で江戸へ向かった。

第五章　心掛け

一

植村と源之助は、上野屋茂太郎から聞いた掛江と親しかったという札旦那四軒を回った。最初に訪ねて留守だったところも、夕方に出向いた。しかし掛江の今の居場所を知るものはいなかった。

「さてどうしたものか」

植村は腕組みをした。

「掛江殿が離別した妻女の梅殿を当たってみましょう。はっきりは分からなくても、あるいは居場所の見当くらいはつくかもしれません」

源之助は、めげる気配もなく言った。他に探る手立てがあるわけではない。再嫁した梅を捜すことにした。藁《わら》をも摑む思いだった。

再嫁した女のもとへ、元の夫のことで訪ねるのは気が引ける。できるだけ穏やかにやろうと、植村と源之助は話した。

梅は竪川を南に渡って行ったというから、住まいは深川にあると考えられる。しかし深川は広い。嫁いだ先の苗字《みようじ》も分からない。

「さて、どうやって捜すか」

札旦那四人を回って手掛かりを得られなかった翌日、植村は目を覚ました時から考え込んでいた。雨は、夜のうちに止んでいた。

「直参だったときの掛江の屋敷近くへ行って、実家か嫁ぎ先を訊けばよいのではないですか。親しくしていたなら、知っている者がいてもおかしくありません」

源之助は、事もなげといった顔で言った。

掛江の屋敷がどこにあったかは、上野屋で訊いた。今そこにどのような者がいるかは知らないが、話を聞きたいのは、当時梅が親しくしていて今の住まいを知っている者だ。

「本所の御竹蔵の南で、亀沢町《かめざわ》に近いあたりです」

手代が調べた。まだ四年前のことなので、帳面は残っていた。

植村と源之助は、蔵前からさらに本所へ回った。

掛江房之助と梅が暮らしていた屋敷はまだあった。御家人株を買った者が、直参としてその屋敷で暮らしている。どこかの大店の商家の三男坊だそうな。妻女を得て子どももいると、最初に尋ねた近所の中年の新造は言った。

「梅殿にお目にかかりたい。前に世話になった者でござる」

源之助はそう言ってから問いかけている。

「ご実家に戻られたのは聞いておりました。そうですか、ご再嫁なされましたか。何よりでございます」

中年の新造は、再嫁したことも知らなかった。梅の実家も、深川のどこかというくらいしか分からなかった。

さらに訊いてゆく。主人に訊いても分からないだろうから、声をかけて出てきた新造に尋ねた。若い新造では知らない者もいたが、あらかたの者は掛江家を知っていた。五軒目でようやく、再嫁したことを知っている新造が現れた。二十七、八歳くらいに見える。

梅とは同じくらいの歳だから、親しくしていたのかもしれない。

「再嫁なされた先をご存じならば、お教え願いたい。お目にかかり、お尋ねしたいことがござる」

源之助は頭を下げて言った。植村も合わせて頭を下げた。

「本所菊川《きくがわ》町に近い稲富《いなとみ》様というお家です」

再嫁が決まったとき、訪ねてきたのだという。離縁となって、一年近くになる頃だったそうな。

「お幸せそうでしたか」

源之助が親身な顔で尋ねた。房之助と梅は、相愛だったと前に聞いた。御家人株を手放したことが離縁のもとだ。その後どうなったか、関心があるらしい。植村は、

「そのようなことはどうでもいい」と思いながら聞いている。

「さあ。お父上に、強く勧められたとかで」

出戻った女が、長く実家にはいられない。父親に勧められれば、断ることはできなかっただろう。相手は妻女を病で亡くしたとか。

「お子のない家だというので、元気なお子をお生みなさいと申しました」

房之助との間には、子どもはできなかった。夫婦は欲しがっていたが、離縁となるなら、なくてよかったのではないかと新造は言った。

そこまで聞いて、植村と源之助は本所菊川町に近いという稲富家の屋敷を捜すこと

にした。

菊川町は大横川の左岸で、竪川と小名木《おなぎ》川に挟まれた川沿いにある鄙びた町だ。町の西側には大名屋敷もあるが、おおむね小旗本の屋敷が並んでいる。

通りかかった者に三回くらい訊いて、稲富家の屋敷が分かった。当主は稲富新兵衛《しんべえ》で、作治《さくじ》奉行配下の御大工頭だという。

「御大工頭は、二百俵高で御役扶持二十人扶持です。ぎりぎりの御目見ですね」

源之助が言った。

「おお、さようか」

植村は、そのようなことは知らない。源之助は戸賀崎道場での剣術だけでなく、いろいろなことを学んでいるらしかった。さすが佐名木家の跡取りだなと、植村は感心する。

屋敷の前に立った。片番所付きの長屋門だが、極めて古い建物だった。敷地は六百坪ほどあるかと思われた。裏手に回ると垣根になっていた。

植村は枝を分けて中を覗いた。庭になっているが、半分以上は畑として使われていた。豊かな暮らしぶりとは感じられなかった。畑に面した屋敷の裏手に、木戸の勝手口があった。

畑では二十代後半とおぼしい女と下女らしい娘が、蕪《かぶ》の取り入れをしていた。

年嵩《としかさ》の方は、手拭いを姉さん被りにしていて、初めは誰なのか分からなかった。御目見の妻女には、見えなかったからだ。

ただ二人のやり取りを見ていると、年嵩の方は妻女らしいと感じた。ならば捜していた梅ということになる。

そこで源之助が、勝手口から声をかけた。

「梅様ではありませんか」

源之助は丁寧に頭を下げた。身なりも悪くない若侍が、頭を下げたわけだから、怪しんだ様子は感じなかった。植村も頭を下げている。

「さようですが」

「つかぬことをお伺いいたします」

梅が近くまで歩んできたところで、源之助は抑えた声で言った。姉さん被りの手拭いを取ると、顔がはっきり見えた。明るい美形だと聞いていたが、どこか窶《やつ》れていて明るい印象はなかった。

「それがしどもは、掛江房之助様を捜しておりまする」

穏やかな口調にしていたが、梅はその名を耳にしてどきりとした顔になった。けれどもそれは一瞬で、すぐに動揺は消えた。

「さあ、どうしているでしょうか」

前のことを、隠しはしなかった。こちらが、それと知って訪ねて来たと察したから
だろう。離別以来、会っていないと付け足し、逆に問いかけてきた。

「あの方が、何かをしたのでしょうか」

「いや、ちと掛江殿に頼みたいことがあってな」

源之助は、出まかせを口にした。

「はあ」

梅は、畑にいる娘に目をやった。やり取りを聞かれるのではないかと気にしている。

夫や姑に伝わることが、嫌なのかもしれなかった。

「いや、ご無礼を仕《つかまつ》りました」

早々に、引き上げることにした。長くいても何も話さないだろうし、梅に迷惑をか
けるだけだ。

屋敷から離れたところへ移って、植村と源之助は話をした。

「別れて四年だからな、知らなくてもおかしくはない」

「いや、それがしは気になります」

植村の言葉に源之助が返した。何かをしたのかと問いかけてきたときの表情が、尋常ではなかったと続けた。

「さようか」

植村は、いきなり前の夫の名を出されて動揺しただけで、他意はないだろうと感じていた。しかし源之助の言うことには、従う気持ちになっている。

二

稲富家の斜め向かいの屋敷で、掃き掃除をしている老婆に話を聞いてみることにした。敷地は二百五十坪ほどで、古い木戸門だった。家禄百俵程度の家だろう。女中というよりも、当主の母だろうか。

「卒爾ながらお伺いいたします」

源之助が声をかけた。合わせて植村も、頭を下げた。

「何でしょう」

見た目が爽やかな源之助には好意的な物腰だが、植村には一瞥《いちべつ》を寄こしただけだった。おもしろくはないが、そういう扱いには慣れていた。

「向かいの稲富家には、お子はおいでにならないのでしょうか」

源之助の問いかけを耳にして、稲富家の庭には子どもがいなかったことに植村は気がついた。嫁いで三年以上になる。幼子がいても不思議ではなかった。

「いや、お出来になりませんね」

あっさりした返事だった。向けてくる目は不審というほどではないが、何者かと問いかけていた。

「それがしは稲富家の遠縁の者で、頼みたいことがござる。ただそれを頼んでよいかどうか迷っております」

だから尋ねていると曖昧《あいまい》な言い方で胡麻化《ごまか》している。しかし老婆は、それ以上何か言ってこなかった。

「夫婦仲は、お悪いのでしょうか」

「さあ。ただ養子を取ろうという話を聞いたことがあります。あなたさまは、そちらのお家の方ですか」

「い、いや」

思いがけない返事に、さすがの源之助も慌てたらしかった。稲富家には養子話があり、目の前の老婆は、源之助たちがそのための聞き込みに来たと考えた様子である。

源之助は老婆に返答せずに、問いかけを続けた。

「それは梅様が望んでのことでしょうか」

「さあ、おときさまのお考えのようですが」

おときというのは、稲富家の姑らしかった。

梅は嫁いで三年ほどになるが、まだ子が出来ない。夫婦仲が良くないからかどうかは分からないが、稲富家での暮らしぶりの一端が窺えた気がした。

「最初に嫁いだ家は金子で潰れ、再嫁した家では子が出来ず疎《うと》まれているのか」

植村も不憫な気がして、つい言葉になって出てしまった。

「つまらぬ日々でしょうね」

源之助も、曇った顔になって言った。すると何を思ったか、老婆は言った。

「つまらぬかどうかは分かりませぬが、数日前には、嬉しそうに出かけて行く姿を見かけましたが」

珍しいので覚えていると言い足した。もちろん、どこへ何をしに行ったかは分からない。

「では、これで」

武家女だから、町家の女房のようにべらべら喋るわけではない。掃除を終わらせて門の内に引っこんだ。

道に残ったまま植村と源之助は話した。

「何があったのであろうか」

「掛江房之助に会ったのではないでしょうか」

源之助は目を光らせて続けた。

「今が辛くて、昔を懐かしむ気持ちがあったら、声がけをされれば会いに出るのではないでしょうか」

「そういうものでしょうか」

男女の機微については、植村にはよく分からない。しかし源之助が通じているというのも不思議な気がした。

植村の気持ちを察したらしく、源之助が言った。

「掛江について問いかけたとき、まず何かをしたのかと問いかけてきました。気になったということではないですか。どうでもよいものならば、そのようなことを最初には尋ねないでしょう」

「なるほど」

若いのに、よく気がつくと感心した。さすがは佐名木家の跡取りだ。

「今聞いた話を合わせて考えると、掛江は稲富屋敷を訪ねたのかもしれません。長話はできないでしょうから、二人はどこかで会う約束をしたのかもしれません」

「ううむ」

ないとはいえないが、考え過ぎのような気もした。ただ植村は、源之助の言葉に逆らうつもりはなかった。

「きっと、また会いますよ」

決めつけるように言った。そこで梅の動きを、見張ることにした。他に、掛江の行方を探る手立ては浮かばない。

しかしその日は、梅の外出はなかった。


翌日は、からりと晴れた日となった。植村と源之助は、朝から稲富屋敷を見張った。

当主の新兵衛は出仕したが、梅は動く気配を見せなかった。

一日が、何もないまま過ぎた。

次の日も、植村と源之助は稲富屋敷を見張った。

「梅は、必ず動きます」

源之助は言う。植村は、半信半疑だ。

「そこまで思えるのは、なぜか」

「勘です」

若さゆえの、思い込みの強さだと感じたが、それは口にしなかった。

昨日に続き、今日も同じ刻限に新兵衛は出仕した。そしてまた、何も起こらないときが過ぎた。しかし昼下がりになって、ついに梅が屋敷から出てきた。

植村と源之助は顔を見合わせてから梅をつけた。

畑仕事をしていたときとは別の、垢抜けた着物姿になっていた。足早に歩いていたが、ときおり髪を何度か手で撫でた。

大横川河岸を、南に向かって歩いてゆく。そして木の香のにおう木場《きば》へ出た。そのまま歩いて辿り着いた場所は、江戸の海に面した洲崎《すざき》弁天の境内だった。

お参りを済ませた梅は、周囲を見回した。北側の陸地は一つ細い川を隔てて広大な材木置き場が広がり、南側は海だ。天気が良いので、房総《ぼうそう》の山々が見えた。濃い潮のにおいがあって、水面《みなも》が昼下がりの日差しを跳ね返している。

境内には、数人の参拝客の姿もあった。葦簀《よしず》張りの茶店もあった。

梅は茶店の縁台に腰を下ろして、茶を注文した。人を待つ様子だった。植村と源之助は、固唾を呑んでこれを見守った。

するとそこへ、深編笠を被った浪人者ふうの侍が現れた。梅の前に立つと、深編笠を外した。年の頃三十代半ばの侍だ。精悍な眼差しで、身ごなしに無駄がない。それなりの剣の遣い手だと思われた。

侍の顔を目にした梅の顔には、安堵《あんど》の色が浮かんだ。侍が梅の横に腰を下ろすと、二人は話を始めた。

「あれが掛江でしょうか」

源之助が言った。掛江の顔は、二人とも知らない。

梅と侍は、四半刻ほど話したところで立ち上がった。何を話したかは分からないが、その様子には、名残惜しそうな気配があった。

しかし思いを断ち切るように、二人は別れた。梅は、やって来た大横川の方向へ歩いてゆく。稲富屋敷へ帰るのだと思われた。

「我らは、あの侍を追いましょう」

植村と源之助は、深編笠を被った侍をつけた。侍は足早に歩いて、深川の馬場《ばば》通りに出た。賑やかな通りを、人を避けて歩いた。富岡八幡《とみおかはちまん》や永代寺《えいたいじ》の前を通ったが、振り向きもしなかった。

大川の手前まで来ると、川に沿った道を川上方向へ進んだ。そして両国橋を西へ向かった。植村と源之助は、気付かれないようにと気を使った。

侍が行った先は、浅草福井《ふくい》町の裏通りにある小さなしもた屋だった。声をかけることもなく戸を開け、中に入った。ここが住まいなのだと思われた。

「貸家だな」

浪人者に持ち家があるわけがない。近所で訊くと、一月ほど前に住み着いたとか。道で会っても、ろくに挨拶もしない。だから何者かは分からない。

建物はやはり借家で、大家の住まいを訊いて訪ねた。

「ええ、お住まいになっているのは掛江房之助様というご浪人です。十月いっぱいまで、お貸ししています」

源之助の問いかけに、初老の大家は答えた。その答えに、驚きはなかった。やはりという気持ちだ。

「請け人は、誰か」

植村が問いかけた。家を借りるには、保証人がいる。肝心なのは、それが誰かということだった。

「天王町の札差大口屋の定蔵さんです」

「そうか」

心の臓が高鳴った。これで掛江が、上野屋茂平治殺害に繋がったのである。

三

江戸へ戻った正紀は、早速正国と佐名木に国許での一部始終を伝えた。

「荷や船を傷つけず、怪我人も出さず、河岸場の土留めも済ませられたのは何よりであった」

「まことに。家中の者と村人が力を合わせられた。それがあったから、棄捐の令の話も聞き入れやすかったのではござらぬか」

聞き終えた正国と佐名木は言った。詳細を伝え終えた頃、植村と源之助が屋敷へ戻ってきた。調べたことを報告した。

「掛江と大口屋の定蔵が繋がったのは、上出来だ」

正紀は二人をねぎらった。

「梅が掛江と会っているのではないかと考えたとは、なかなか女心が分かるではないか」

と告げると、源之助は困った顔で父親の顔をちらと見た。叱られるとでも思ったのかもしれない。佐名木は父親としては、厳格なのか物分かりがいい方なのか。そのあたりは、正紀には分からない。

状況を伝え合った後、正紀は植村と源之助を伴って、小石川富坂新町の辻井屋敷へ向かった。謹慎中の辻井に調べの経過を伝えると共に、状況を整理することにした。外出できない辻井は、穏やかならざる気持ちで日々を過ごしているはずだった。

「かたじけない」

話を聞いた辻井は、まず高岡藩の動きに礼を言った。

ここまでの流れを整理した。そもそも辻井家は家計が苦しかったが、慶事が続いて物入りとなり、厳しさに拍車がかかった。出入りの札差大口屋を頼ったのが始まりだった。

「番頭の定蔵は、質屋の丁子屋へ行くにあたって、わざわざあの刻限を告げてきたわけだな」

「さようで。店を閉めてからの方が、丁寧に品を見てもらえるという話でござった」

「定蔵は叔父上《おび》を、誘き出したわけですね」

源之助がまとめた。

「定蔵は、茂平治の動きも知っていたことになるな」

正紀の言葉に、一同は頷いた。

大口屋は金を貸すための資金四千両を茂平治から借りていた。棄捐の令があって苦しいところで、返済を求められた。それで殺害を図ったというのが、一同の見方だった。

「四千両もの返済を求められたら、大口屋は潰れていたでしょう」

「いずれは返さなくてはならない金でも、せめて半年か一年、先延ばししたかったのであろうな。それができず、殺害を企てた。ならば定蔵は、どう動くか」

「茂平治の動きを探らせると存じます」

源之助が、正紀の問いかけに答えた。さらに辻井が応じた。

「定蔵は茂平治の金主が誰か分かっていたのだと存じまする。いつかは本郷の備中屋の隠居所へ出向くと考えて、見張りを立てていたのでございましょう」

「そう考えるのが妥当であろう」

「拙者が大口屋へ出向いたときには、茂平治が備中屋へ向かうことは分かっていた。まんまと罠に嵌まったことになる」

辻井が悔し気な口調で吐き捨てた。

「簪も、大口屋で落としたのではないでしょうか」

「そうかもしれぬ。定蔵はいつか使えると返さずにいたのに違いない」

あくまでも源之助の予想だが、辻井は頷いた。

「茂平治と用心棒を襲ったのは、一人であろうか」

これは前に正紀が考えたことだ。証言をしたのは、早々に逃げ出した駕籠舁きだけである。

「斬られた用心棒の腕前にもよりますが、斬り合いがそれなりにあれば、その間に茂平治に逃げられる虞があります。それがしが黒幕なら、もう一人賊の手配をいたします」

納得のゆく発言だった。

「ならばもう一人は、川崎喜八ではないでしょうか。定蔵に誘われた川崎が、博奕仲間の掛江を誘うことは、ない話とはいえませぬ」

植村が言った。

「浅草寺門前の居酒屋たぬきに行ったのは掛江で、川崎との打ち合わせは、他の場所でしたわけだな」

「そうです」

正紀の言葉に、植村と源之助が同時に言葉を返した。

「掛江を浅草福井町のしもた屋に置いておくのは、何のためか」

賃貸契約は、今月末までだと正紀は思いだす。

「銭を与えて、今月中にも江戸から離れさせようという含みではないでしょうか」

「ならば用が済んだのだから、さっさと江戸から出せばよかろう。定蔵にしてみたら、すでに邪魔者になっているはずだ」

源之助の説明では、納得がいかない正紀は言い返した。

「あの離別した梅なる者が、絡んでいるのではないでしょうか」

と言ったのは、植村だった。

「なぜそう思うのか」

「いやあ、それは」

植村は慌てた目顔《めがお》になった。思い付きを口にしただけらしかった。しかし源之助が、真顔で引き取った。

「殺害を行った掛江は、それなりの金子を得たはずです。そこで江戸を出るにあたって、梅を連れ出そうと図っていれば、すぐには動けないのではないでしょうか」

洲崎弁天で会った浪人者が掛江ならば、あり得る話だと付け足した。

「二人は、まだ慈《いつく》しみ合っているというわけか」

「そう見えました」

掛江と梅の夫婦仲は悪くなかった。別れたくて別れたのではなかった。江戸を出るにあたって掛江は、再嫁した梅の様子を見に行ったとしてもおかしくはない。しかしそこで目にしたのは、必ずしも幸せとはいえない梅の姿だとしたら、どうなるか。

「梅は再嫁して三年たつが、子に恵まれぬ。そして姑は養子を得ようとしているのであったな」

植村らの報告を思い起こしながら、正紀は言った。

「梅にしてみれば、無念でしょう。そういうときに掛江と再会し、共に江戸を出ようと誘われた」

「ならば洲崎弁天で会ったときに、二人でそのまま逃げてしまえば済んだはずだぞ」

「梅には、まだその覚悟ができていないのではないでしょうか」

「うむ。女が江戸から出るというのは、たいへん厄介なことだ。すぐに返事はできないだろう」

「そうです。梅は悩んだに違いありません」

「これまでの暮らしの、すべてを捨てるわけだからな。すぐには腹を決められないかもしれぬ。掛江は梅が腹を決めるのを待って、江戸に残っているという考えだな」

植村と源之助は、三日にわたって梅の様子を窺っていた。外側からだけだとしても、何か感じるものがあるのかもしれなかった。ともあれ二人の考えについては、否定をするつもりはなかった。

ただ話していることは、すべてが推量の域を出ていなかった。定蔵や川崎を捕らえるわけにはいかない。

ただこれらを前提にして考えたとき、正紀には一つ引っかかるものがあった。

定蔵の動きだ。

「掛江にいつまでも江戸にいられるのは、目障りであろう。川崎は直参ゆえ、口を割れば己の身を滅ぼす。しかし掛江は浪人者で、失うものはない」

「確かに、そういう者を仲間として置いておくのは気掛かりでしょうな」

正紀のこだわりに、辻井が応じた。

「斬りたいところでしょうね。斬り損ねたら、厄介でしょうが」

源之助が言った。

そこで正紀は考えた。

「やつらを動かすために、一つ仕掛けてみようか」

「何をされますか」

源之助が目を輝かせた。

「大口屋や川崎にとっては、掛江はすでに邪魔者だ。襲わせたところで捕らえればいい」

「そんなことが、できますか」

植村は、何を言い出すのかといった目を向けた。

「まあ、やってみるしかあるまい」

打ち合わせをした。

辻井屋敷を出た正紀らは、山野辺を捜して会った。手伝いを頼んだのである。

「よし、やってみよう」

山野辺は正紀の頼みを請け負った。

四

その日は、十月切米の前々日だった。蔵前通りの札差の店では、ほとんどが戸を開けていた。各札差では、代理受領した米の換金先の確認や、米の輸送のための人足の手配などを行っている。

すでに終えたところもあれば、真っ最中の店もあるはずだった。あと二日で金子が入るわけだから、札旦那の姿は少なかった。

山野辺は、大口屋の敷居を跨いだ。奉公人たちは忙《せわ》しなくしているが、かまわず定蔵を呼び出した。

本音は迷惑だと思っているかもしれないが、愛想笑いを浮かべて定蔵は店の土間に出てきた。

「切米の折は、大量の米俵が市場に出る。大口屋が扱う札旦那に届ける米だけでも、相当な量になるであろう」

「それはもう」

「無法な積み方をしてはならぬ。蔵米であっても、容赦はせぬぞ」

「もちろんでございます。ご安心くださいませ」

笑顔で答えてから、定蔵は山野辺の袂におひねりを落とし込んだ。

「うむ。ならばよい」

と大袈裟に頷いて、引き上げようとする。そこで山野辺はさりげなく愚痴るように伝えた。

「上野屋茂平治殺害についてだがな、いろいろと手間取っておる」

「お疲れ様にございます」

「そこでだが、上野屋の元札旦那で、掛江房之助という者を存じておるか」

名を聞いて、寸刻定蔵の顔に驚きがあったのを、山野辺は見逃さない。

「いえ。その方が何か」

なぜその名を出したか、定蔵は確かめたかったのだろう。

「詳細は言えぬがな、その者の住まいを捜しておる。浅草福井町にいるらしいのだが、なかなか見つからぬ」

「さようで」

「その者には、女も絡んでいるらしい……。いや、余計なことを申してしまった。邪魔をしたな」

山野辺はそれで店を出た。種は蒔いたつもりだ。そのまま蔵前通りを歩くと、通りの天水桶《てんすいおけ》の陰に身を潜めていた植村と源之助に目で合図を送った。

源之助は植村と共に通り過ぎた山野辺を見送ってから、そのまま大口屋を見張った。

「定蔵は、必ず動くぞ」

と思っている。大事なことだから人は使わないだろう。

何事もないように時が過ぎて、蔵前通りは薄闇に覆われた。初冬の日暮れは早い。すぐに暮れ六つの鐘が響いてきた。

閉じられた店の潜り戸が内側から開けられて、定蔵が姿を現した。

源之助と植村が、それぞれ別の離れた場所から見張っていた。

定蔵は、そのまま蔵前通りを浅草寺方面に歩いた。途中で左折し、暗い寺町に入っていった。姿は見えなくなったが、提灯の明かりで姿を見失うことはなかった。

立ち止まった先は、下谷御切手町に近い徒士の組屋敷の中の一つだった。川崎喜八の住まいである。定蔵は訪《おとな》いを入れ、建物の中に入った。

源之助と植村は、闇に埋もれる川崎の屋敷を見詰めた。

「定蔵は、川崎を使って掛江を襲わせるだろうか」

「どのような手立てを使うかは分かりませんが、襲わせると思います」

ここまで来て源之助は、梅のことが胸にわだかまっている。稲富家で過ごすことが、梅にとって幸せかどうかは分からない。ただこのままだと、とんでもない事件に巻き込まれることになる。

定蔵が川崎の住まいにいたのは、四半刻にも満たない間だ。その後源之助と植村は、定蔵が立ち去った後も、闇に沈む住まいを見張った。

しかし町木戸が閉まる四つ（午後十時）近くになっても、外出はしなかった。

「くそっ」

当てが外れた。

翌早朝、源之助は植村と共に、下谷の川崎の屋敷前まで行った。出仕する組屋敷の侍たちは、屋敷を出て行った。しかしその中に、川崎の姿はなかった。今日は、非番なのかもしれなかった。

いるのかいないのか、住まいを検めたかったが辛抱をした。昼下がりになって、川崎が姿を見せた。

そのまま浅草寺方面へ通じる道を歩き始めた。

源之助と植村は、川崎をつけて行く。振り向くこともないまま足早に進んで、浅草寺の風雷神門前の雑踏に出た。

昨日に続いて好天だ。しばらく雨の日が続いたからか、人の出は多かった。屋台店が並んでいて、大道芸人が呼び声を上げている。その人込みの中を、川崎は巧みに人を避けながら歩いてゆく。

「まずいぞ」

源之助は慌てた。人込みに紛れて、見失ってしまいそうだ。間を詰めようとするが、なかなかできない。ついに川崎の姿は、人込みの中に紛れてしまった。

「あやつ我らに気づいて、まくつもりだったのではないか」

植村はぼやいたが、何を言っても後の祭りだった。

「掛江はどうしているか、検めましょう」

源之助が言って、二人は浅草福井町の掛江の住まいへ向かった。源之助は、隣家の戸を叩いて問いかけた。しもた屋は、人の気配もなくしんとしていた。源之助は、隣家の戸を叩いて問いかけた。

「ああ、そういえば正午になる前に、出て行きました。旅姿でした」

出てきた中年の女房は言った。

「しまった」

大魚を逃してしまったのか。掛江のところにも、定蔵から知らせがあったのかもしれない。ともあれこうなると、手の打ちようがなかった。

源之助は懐に押し込んでいた懐紙に、矢立てを使ってここまでの経緯を短く記し、客待ちしていた駕籠舁きに託した。

「この文を、下谷広小路の高岡藩上屋敷へ運んでくれ」

手間賃を渡して申し付けた。

「お安い御用で」

駕籠舁きたちは、喜んで駆けて行った。

その後ろ姿を見送ったところで、植村が呟いた。

「江戸を出るならば、その前に女と会うのではないか」

「いかにも」

源之助は手を打った。そこで源之助と植村は、菊川町の稲富家の屋敷へ向かった。もし梅がまだ屋敷にいたら、掛江を捕らえる機会はあるはずだ。

屋敷の裏手に回って、源之助と植村は垣根の隙間から屋敷の中をうかがった。

すると台所とおぼしいあたりに、ちらと梅の姿が見えた。姑らしい老婆と話をしていた。源之助は、その老婆の顔に目を凝らした。これまでの話から、底意地の悪い鬼婆のような女なのかと思ったが、そこまでとは感じなかった。見た目は、どこにでもいそうな老婆だった。

ただ話をしている梅は、楽しそうに見えない。自分は子を得られず、養子の話が持ち上がっている。心は揺れているはずだった。嫌とは言えない立場だろう。

源之助と植村は、屋敷からやや離れたところに身を置いて様子を窺った。梅が出かけるか、あるいは掛江が姿を見せるかもしれない。

けれども、何も起こらない。辛抱強く待った。そして夕刻近く、梅が屋敷を出た。旅姿ではなかった。ただ小さな風呂敷包みを一つ持っていた。

掛江に会うのだと期待した。掛江は旅姿だが、それを梅は知っているのか。知っているならば、共に江戸を離れるのか、見送るだけなのか、見当はつかない。風呂敷の中身は、己の旅に必要な当座の品なのか、掛江に持たせる品なのか。

後をつけて歩きながら、源之助はあれこれ考えた。

梅が行った先は、洲崎弁天の境内だった。夕日が、鳥居を照らしていた。


正紀のもとへ、駕籠舁きが文を届けてきたと知らせが入った。青山が正紀の御座所へ、その文を運んできた。

川崎と掛江を見失ったとの知らせである。源之助らがどう動くかは、記されていなかった。文を出した源之助も、慌てていたようだ。

こうなると、もう正紀はじっとはしていられない。青山を伴って、屋敷を出た。

五

洲崎弁天の夕暮れどき。黄金《こがね》色の日差しに染まった海鳥が、鳴き声を上げて飛んでいる。振り返って木場に目をやると、積まれた材木や運河に浮かぶ丸太が、薄闇の中に沈もうとしていた。

境内にある人の姿は多くない。露店が屋台をたたんでいた。風呂敷包みを手にした梅は、本殿で拝んだ後、松の木陰に立った。植村と共に、源之助はやや離れたところから、その姿を見詰めた。

いつもは白い横顔が、夕日の色に染まっている。何を思って立っているのかと源之助は考えるが、見当もつかない。ただどこか心細げな様子にも感じられた。

待つほどもなく、そこへ旅装の侍が現れた。やや強張った面持ちの掛江だった。梅が、掛江のもとへ駆け寄った。半べその顔だったが、何か言い合ってから頷いた。

掛江の顔に、はっきりと決意の色が窺えた。二人は手に手を取って、境内と木場の間を流れる川に架かる橋の袂に出た。

人気のない場所だ。そこには船着場があって、小舟が舫《もや》ってあった。二人はそれに乗って江戸を離れるのだと察せられた。

梅も、家を捨てる覚悟をしたらしかった。掛江が梅の手を取り、小舟に乗せようとした時、土手の堤に隠れていたらしい七、八人の侍が姿を現した。

すべての侍が顔に布を巻いている。身なりは浪人者とおぼしい。刀を抜いて、掛江と梅を取り囲んだ。誰も何も言わない。ただ殺気は伝わってきて、二人を斬るつもりなのは分かった。

掛江も、梅を背中に回して刀を抜いた。怖れてもいないし、慌ててもいなかった。どこかで襲撃を覚悟していたのかもしれなかった。

浪人者の一人が、斬りかかった。

「わあっ」

一呼吸する間もなく、叫び声と共に浪人者が血飛沫《ちしぶき》を上げて倒れ込んだ。新たに斬りかかった侍もいたが、これも腹を裁たれて前のめりに倒れた。

掛江の腕前は、なかなかだ。瞬く間に、二人を斃《たお》している。数を頼みにしていた浪人者だが、それで怯んだらしかった。金で雇われた烏合《うごう》の衆ならば、命を捨てる覚悟はできていないだろう。

掛江の方は、油断はしていない。梅を守りつつ、小舟に乗り込もうとしていた。

そこへ、別の覆面の侍が現れた。身なりは浪人者ではない。主持ちの侍だ。その外見を目にしただけで、「あれは川崎だ」と源之助は察した。

川崎は刀を抜いている。助勢を得たところで、他の侍二人がほぼ同時に掛江に斬りかかった。掛江は凌ぐだけで、攻撃には出られなかった。じりじりと船着場の端に、掛江は追い詰められた。

「たあっ」

それでも掛江は、一人の浪人者の肘《ひじ》を斬った。刀が宙に飛んで、浪人者の体が前につんのめり、ばさりと川に落ちた。掛江はその様に目をやることもなく、もう一人の侍に切っ先を向けた。

このとき、遅れて現れた侍は梅の体を引き寄せて、刀の切っ先を喉首に当てていた。梅はもがくこともできない。

「刀を捨てろ」

侍は叫んだ。

「おのれっ」

掛江は身を硬くし続けた。

「きさま、川崎だな。おれを殺しに来たのか」

「うるせえ。早く刀を捨てろ」

これで一時怯んでいた浪人者が、改めて掛江を囲んだ。

「逃がしてくれるのではなかったのか」

掛江は、わずかに救いを求める声になって言った。このままでは、どうにもならないと悟ったようだ。

「おまえは、役人に目をつけられた。定蔵が知らせてきたぞ」

「それでおれを、殺す気になったわけか」

「…………」

「おれがここへ来ることは、前に話したからな」

ここで浪人者の一人が、掛江に斬りかかった。一撃が、脳天を襲う。しかし掛江は、迫ってきた刀身を撥ね上げ、二の腕をざっくり斬った。

刀を落とした侍は、呻きながら船着場に転がった。

「早く捨てろ」

ここで再び、川崎の声が船着場に響いた。脅しとは思えない声の迫力に、掛江も体を硬くし、刀を足元に置こうとした。梅の命には代えられないと感じたからか。

源之助と植村は、ここで飛び出した。川崎は掛江を殺した後、梅も殺すと考えたからだ。

植村は、船着場でのやり取りの間に、川に突き刺さっていた杭を抜いていた。それで浪人者どもを、薙ぎ倒すつもりだ。源之助も刀を抜いていた。

突っ込んで行ったのは、川崎のところだ。掛江と対峙していた川崎にしてみれば、思いがけない相手だ。明らかな動揺があった。その隙を源之助は逃さない。

梅の体が、川崎から離れていた。

「やっ」

源之助は川崎の肩を目がけて一撃を振り下ろした。決まれば、川崎は二度と刀を握れない体になる。しかしそれでもかまわないと思っていた。

川崎は身を横に飛ばして、源之助の一撃をかわした。撥ね返された刀身を、源之助は角度を変えて再び振り下ろした。

しかし相手の動きは素早かった。追い切れず、切っ先は空を斬った。

その直後、源之助の喉元めがけて、刀身が突き込まれてきた。至近からの攻めだ。

源之助は身を斜め前に出しながらこの突きを撥ね上げた。腕と腕がぶつかった。その腕を強く押した。川崎にとっては、思わぬところから力が掛かったと感じたらしい。

体の均衡が、明らかに崩れていた。

「たあっ」

源之助は気合と共に、目の前にある川崎の右腕に刀を振り下ろした。肉と骨を裁つ手応えが、刀身から伝わってきた。

川崎の右腕を肘の下から斬り落としていた。

「ううっ」

川崎の体が、前のめりに倒れた。源之助はその体に駆け寄って、右腕の根元に手拭いをきつく巻いて、止血をした。何があっても死なせるなと、正紀から命じられていた。

植村は杭を振り回して、浪人者たちと闘っていた。丸太が、音を立てて振り回される。浪人者は簡単には打ち込めない。攻めあぐねているところで、川崎が斬られた。それを機に、浪人者はいっせいに逃げ出した。もともと命を懸ける気などない、烏合の衆だ。

正紀と青山は、船着場の闘いを源之助や植村とは違う場所で見ていた。源之助から川崎と掛江を見失ったと知らされたとき、正紀は旅立つ掛江が立ち寄る場所があるとすれば、それは梅のところしかないと考えた。

次の知らせを待ってはいられない。掛江と梅が落ち合うとしたらどこかと考えて、浮かんだのは洲崎弁天だった。二人が密会したと聞いた場所だ。正紀は青山と共に、舟を使って境内に近い船着場で降りた。境内に潜んでいたのである。

源之助は、隙を逃さず川崎の腕を斬り落とした。見事な一撃だった。植村も丸太を手に善戦していた。けれどもその間に、掛江と梅は、舫ってあった小舟に駆け寄った。

川崎は源之助と争い、浪人者たちは丸太を振るう植村に気を取られていた。掛江には、都合のいい状態だ。

そのまま行かせるわけにはいかない。このような状況になって、梅が何を感じているかは想像の外だが、引き止めなくてはならなかった。

正紀と青山は、小舟を目指して駆け寄った。

掛江は舟に乗り込んだ。しかし梅は、慌てたらしく足を縺《もつ》れさせ、舟に乗る前に転んだ。

起き上がろうとするが、動きがぎこちない。脚をねん挫したのかもしれない。その体を、青山が摑んだ。

掛江は小舟を漕ぎ出し、そして叫んだ。

「梅は稲富家へ戻れ。おれと共に逃げたら追われる。今ならばまだ仲間ではない。家の者に気づかれることなく、やり直すことができる」

顔は歪んでいたが、一気に発した言葉だった。ここまで来たら、連れて逃げることはできないと観念したからか。「やり直すことができる」とした掛江の言葉に、正紀は掛江の梅への思いを感じた。

「嫌っ、私もゆく」

梅は掛江の言葉を聞いて叫んだ。胸にあるすべての気持ちをこめた声に聞こえた。

しかし青山は手を離さない。掛江が漕ぐ舟も、進んで行く。川は大横川に繋がるはずだった。

正紀は、ここまで乗ってきて舫ってあった小舟に一人で乗り込んだ。逃がしはしない。船着場で川崎と交わした言葉の意味を考えれば、上野屋茂平治殺しの下手人に間違いなかった。

手早く艫綱を解いて、力の限り漕ぐ。掛江の舟を追った。すでに西からの日は赤く、地平のぎりぎりまで落ちていた。

正紀の舟は、徐々に間を詰めて行く。ついに船首を、向こうの船尾にぶつけ、二つの小舟は、激しく揺れた。

正紀は揺れるのもかまわず、外した艪《ろ》で後ろから掛江の体を突いた。

痺れを切らした掛江は、小舟を土手に寄せて陸に上がった。正紀もこれに合わせて土手に立った。

「上野屋茂平治と用心棒殺しの咎《とが》で縛《ばく》につくがよい。もう逃げられぬ」

正紀は決めつけるように言った。川崎が掛江を殺害しようとしたのが、何よりの証拠だった。

「うるせえ」

刀を抜いた掛江が、斬りかかってきた。正紀も、抜いた刀でこれを凌いだ。刀身が、金属音を立ててぶつかりあった。

腕はほぼ互角だ。しかし捕らえてやるという正紀の決意は固かった。それは辻井の濡れ衣を晴らしたいというだけではなかった。

「その方は、上野屋と用心棒を斬った。そして今、追われて逃げようとしている。惨めな姿だ。梅はその方の惨めな姿を最後に見て、稲富家に戻るのだ」

「何が言いたい」

掛江は苛立《いらだ》った顔で返した。

「潔く捕らえられろ。そうすれば梅は、その方が言ったように気持ちを切り替えて、稲富家で過ごそうとするだろう」

その言葉で、掛江の気持ちが動いたらしかった。その心の乱れが、切っ先を小さく揺らした。無駄な動きだ。

「たあっ」

相手の隙は、逃さない。正紀は肩を目がけて一気に斬り込んだ。掛江はその刀身を払おうと身構えた。しかしその一撃は囮《おとり》だった。狙っていたのは、身構えた折に無防備になる肘だった。

刀の向きを変えて押した。こちらの動きは、初めから変わらない。

「うっ」

掛江が呻き声を上げた。同時に、鮮血が飛んでいる。正紀の切っ先は、掛江の肘を裁ち割っていた。握っていた刀が、地べたに落ちて転がった。掛江の顔が、歪んでいる。

正紀は腕に血止めを施すと、用意していた取り縄で縛り上げた。

船着場に残った青山は、体を震わせて泣く梅の前でどうすることもできずにいた。このとき、ちらと目をやった土手に人影があるのに気がついた。古い物置のようなものが建っている陰だった。

商人のように見えた。野次馬《やじうま》とは思えず、それで近づいた。

「ひいっ」

すると隠れていた商人姿の男が、逃げ出した。

「まてっ」

青山は追いかけた。徒士頭として鍛えた青山の足にかかっては、逃げきれない。襟首を摑まれて、地べたに転がされた。そこへ植村が駆けつけてきた。

「こやつ、定蔵です」

と植村が言った。定蔵は、掛江を殺害する様子を確かめるために、この場へ来ていたのだと思われた。

捕り方を引き連れた山野辺も姿を現した。正紀が、知らせを走らせておいた。川崎と掛江、定蔵を深川の鞘番所《さやばんしょ》へ運んだ。

梅の身は船着場から、河岸の道に移された。すぐには立つこともできず、蹲《うずくま》って激しく泣いていた。滂沱《ぼうだ》たる涙が、頰を濡らしている。正紀はその横にいて、泣きたいだけ泣かせた。いく分収まったところで、掛江を捕らえ鞘番所へ送ったことを伝えると、また泣いた。

正紀は泣いている間、傍についていた。涙も涸《か》れはてたかと思われたところで、正紀は穏やかに言った。

「掛江の言う通り、稲富家に帰るがよかろう。今戻れば、家を出たことにはならぬ。まだやり直しが利くぞ」

「でも、あの人は」

掛江のことを気にしていた。

「人を殺《あや》め、金を奪った。死罪は免れまい。しかし最後に、そなたを守ろうとしたのは明らかだ。極悪人ではあるまい」

すると、梅はまた泣いた。正紀が手を添え立たせると、ゆっくりとだが歩き始めた。すでに日は落ちている。提灯を手にした正紀は、屋敷まで送ってゆくつもりだった。

「掛江が、屋敷に訪ねて来たのだな」

「はい。お金が入ったので、江戸を出ると言いました。そのお金で、どこかの宿場で小商いでもすると言いました」

「誘われたのか」

「はい。嫌いで離別をしたわけではありません」

「それでその方も江戸を出て、掛江とやりなおそうとしたのだな」

「はい。でも、あの人のお金が、人を殺めて得たものだとは知りませんでした」

また涙が溢れ出たようで、梅は持っていた風呂敷包みで、顔を覆った。

「稲富家の暮らしは、辛かったのか」

「私には、子が出来ませんでした。武家の嫁は、跡取りを生まなくてはなりませぬ」

「そなたがいなくなれば、新兵衛殿は後添えを得るとでも思ったか」

との問いには、梅は答えなかった。

急かすことなく歩かせて、稲富家の屋敷につき、裏の勝手口に回った。戸に閂《かんぬき》はかけられていなかった。

梅は中に入るのをわずかに躊躇ったが、正紀は背中を押した。台所には、明かりが灯っている。梅はその腰高障子に手をかけて引いた。

ここまで見届けた正紀は引き上げた。

六

鞘番所へ移した川崎と掛江には、医者を呼んで当座の手当てを施した。二人とも、意識はしっかりしていた。襲ってきた浪人者で怪我をした者は鞘番所で手当てをした。

亡くなった者は、無縁仏として回向院《えこういん》へ送った。

山野辺は、まず怪我を負った浪人者から尋問を行った。

「我らは、あの商人に誘われた。侍を斬れば、二両もらえると聞いた。八人でかかるからな、難しいとは思わなかった」

商人というのは、定蔵のことを言っていた。名は知らされなかった。深川馬場通りでたむろをしていたところで声をかけられた。浪人者たちは、金さえ手に入れば、雇い主が誰であるかや事情などはどうでもよかった。

それから、山野辺は掛江に話を聞いた。すでに正紀から、船着場や捕らえた折のやり取りについては聞いていた。掛江は観念をしていて、問われたことには素直に答えた。

「梅とは離別をしたが、嫌っていたわけではない。様子を知りたくて見に行くと、幸せそうには見えなかった。だから声をかけた。洲崎弁天で、時折会っていた。梅とやり直せるものならと考えた」

「では上野屋襲撃の話を受けたのは、それがあったからか」

「そうだ。江戸から逃げようかと梅に言ってみたら、逃げてもいいと答えた。ただそのためには、金が欲しかった」

上野屋はかつての蔵宿で、御家人株を手放さなくてはならなくなったのは、ここからの借金と利息が膨らんだからだ。恨みがなかったとは言えない。

川崎に告げられて、浅草寺風雷神門前の居酒屋たぬきで、定蔵と打ち合わせをした。首尾よくいけば、二十両もらえるという話だった。金を手にしたら、すぐに江戸を出るという条件だった。

「すぐには出なかったようだが」

「川越藩《かわごえ》に、江戸を出る手形を頼んでいた。それがなければ、梅は江戸を出られない。手に入れるのに手間取った」

源之助の見込みとは違ったが、待つ間、梅の心が揺れたのは明らかだろう。

「指定された刻限に、本郷三丁目から湯島切通町に通じる武家地の闇に、川崎と身を潜めた」

「一人ではなかったのだな」

「上野屋の用心棒は、なかなかの遣い手だ。斬るのに手間取れば、逃げられる」

掛江が用心棒を、川崎が茂平治を斬った。

「駕籠に茂平治が乗っていると、どうしてわかったのか」

「定蔵は、茂平治の動きを追っていた。備中屋を出て駕籠に乗った姿を目にしてから、我らのところへ駆けてきて、あの駕籠をやれと告げた」

居酒屋たぬきのおかみに、掛江の顔を見せた。

「ああ、あの顔でした」

おかみは、はっきりと言い切った。掛江の方が、川崎よりも男前だそうな。

次に川崎を問い質した。直参だから処分は目付がする。ただ町奉行所でも証言は取っておかなくてはならなかった。

浪人者を使っての襲撃に加わったのは間違いないし、掛江の証言もあったので、否認はできなかった。

川崎家の借金は、御家人株を売らなければどうにもならない、ぎりぎりのところにきていた。札差からの借金は棄捐の令で助かったが、それでもまだ町の金貸しから借金があった。棄捐はあっても、金が給付されたわけではない。返済期限は迫っていたが、札差が貸し渋りをしたので返す金はなかった。

「定蔵は、闇の仕事をすれば金を出してもいいと言った」

川崎の腹は決まったが、迷いもあった。それで同じく声をかけられた迫田のところへ行った。すると迫田は妻女の病が急変して、企みに加われないことが分かった。それでかねがね金が欲しいと言っていた掛江に声をかけた。主持ちの侍と浪人者が定蔵と一緒に飲むのは目立つと考えて、自分は行かず、詳細は後で掛江から聞いた。

川崎は、掛江の話をすべて認めた。

それから山野辺は、定蔵に当たった。

「洲崎弁天へお詣りに行って、騒ぎに気がつきました。それで怖いもの見たさで、あの場所にいただけでございます」

初めは、ふざけたことを口にした。しかし居酒屋たぬきでの打ち合わせや、掛江と川崎、浪人者の話を突きつけると、白《しら》を切ることができなくなった。

主人与右衛門と相談して、金を返せとうるさい茂平治を殺害しようと決めた。

「せめて三月待ってほしいと頼んだが、断られました。札差はどこも混乱していました。茂平治さえいなければ、上野屋からの借金返済は、遅らせることができると考えました」

借りていた四千両を返したら、間違いなく大口屋は潰れる。大通を気取って派手な暮らしをしていたが、商いの基盤は脆かった。

「なぜ、辻井殿に濡れ衣を着せようとしたのか」

「茂平治の動きについては、向こうの小僧に銭を与えて、何かあったら知らせるようにと話をつけていました。それであの夜の暮れ六つどきに、備中屋を訪ねることが分かりました」

ちょうどその直後に、辻井が現れた。定蔵は、都合がいいと考えた。手元には、前回店に落としていった笄があった。同じ刻限に本郷へ行かせる。殺害現場に笄を落としておけば、捕り方は辻井を怪しむだろう。

「それに辻井様は、札旦那の中では高禄で人望もありましたので、貸せない方の肩を持つことがありました。やりにくい方でもありました」

「なるほど」

「本郷春木町で、屋台の蕎麦を食べていたのは、こちらにしたら好都合でした」

本来ならばこれで、与右衛門も鞘番所へ連れてくるところだ。しかし明日は切米の当日だった。主人と番頭の両方がいなかったら、札差の役目は果たせない。大口屋が混乱すれば、迷惑をするのは、この日を待っていた直参たちである。

山野辺は、町奉行所の他の与力とも相談をした。それで定蔵らはそのまま鞘番所に置いたが、与右衛門は切米が済むまで捕らえるのを延期した。

与右衛門は定蔵が戻らないことに恐怖を感じていたはずだが、夜逃げはしなかった。店は土地の岡っ引きやその手先に見張らせたのである。

切米の当日になった。正紀は植村を伴って、蔵前通りまで様子を見に行った。

米俵を積んだ荷車が行き交い、各札差の手代たちが忙しげに行き過ぎる。金を受け取りに来た直参たちが、姿を見せていた。どの顔もほっとした様子で、上機嫌だった。新造と家士《かし》の組み合わせもあった。

こうした者たちを目当てに、甘酒や饅頭などを売る屋台店や振り売りが出て呼び声を上げていた。酒を飲ませる屋台まであって、正紀は驚いた。

「おお、禄の満額が手に入ったぞ」

「まことに。返済や利息の払いがまったくない」

「借金がなければ、こんなにもらえたのか」

直参たちの上気した顔からは、興奮と満足が窺えた。実際に金銭を手にして、喜びを改めて感じたのである。

棄捐総額は、百十八万両を超えた。法令一つで、露と消えたのである。

誰もが声高に喋っているから、話の中身がよく分かる。

「やはり定信様のお力は、たいしたものではないか」

「まったくだ。我らをお救いくだされた」

貸し渋りがあって、そのときは恨んだ。しかし換金して手に入れた金子に、たわいもなく喜んでいる。

「現金なやつらでございますな」

植村が、どこか羨む口調で言った。

「しかし貸し渋りがなくなったわけではない。これからも続くぞ」

そうなれば、定信の評価は再び落ちる。それは目に見えていた。

「おやっ」

行き過ぎる人や荷車の向こうに、直参たちに目をやっている身なりのいい侍の姿があった。見覚えのある顔だ。

広瀬清四郎《ひろせせいしろう》を供にした、松平信明だった。お忍びの視察である。

正紀は近づいて行って、黙礼をした。この直参たちの様子を、どう見ているのか聞いてみたかった。

「直参たちは、一息ついたようでございますな」

正紀は、施策について一応花を持たせる言い方をした。

「うむ。しかしこれでいい気になって、これまで通りの暮らしをしたら元の木阿弥《もくあみ》だ」

思いがけず、信明は冷ややかな言い方をした。黙っていると続けた。

「貸し渋りはこれからも続く。質素倹約を図り、暮らしを引き締めぬ者は、早晩、前以上に厳しいやりくりとなろう」

「定信様も、同じ考えで」

はっきりさせたくて訊いた。

「もちろんだ。浮かれる者は、再び借金苦に陥るが、そういう者ばかりではない」

「まさしく」

「この度の令で、借財はなくなった。暮らしが楽になったのは確かだ。これで贅を尽くさず身の丈に合った暮らしをすれば、これまでのように利息に追われる暮らしではなくなる」

「なるほど」

そういう考えもあったかと思った。

「定信様は、すべての蔵米取りが、これで同じ出発点に立ったとお考えだ。これからは、それぞれの心掛け次第になるであろう」

「心掛けの悪い者は、いかがいたしましょう」

皮肉をこめて言ってみた。

「そのような者を第一には考えぬ。武士は己を律し、高めていかねばならぬ」

物の値は上がる。定信の狙いがうまくいくかどうかは疑問だが、考えの一端は見えた気がした。

「定信様は、『金穀《きんこく》の柄《へい》は上《かみ》に帰すべきもの』という考えをお持ちである。貨幣と米穀、すなわち経済は、お上の意に従うべきもので、商人が勝手に動かしてはならぬというものだ」

「はあ」

「旗本御家人はご公儀の権威を守り、政を担う者たちである。札差どもは、そこに食い入って財をなした。その者らに、情けをかけるいわれがあろうか」

商人、とりわけ高利貸しに対する定信の政策は、これまでの老中がしてきたものと比べて格段に厳しくなっている。棄捐の令がいい例だ。

「いかにも定信様らしい、お考えでございますな」

「うむ」

「信明様は、そのお考えについてゆくおつもりで」

口にした後で、正紀は老中に対して無礼な問いかけをしたと気がついた。叱責を受けたり無視されたりするかと思ったが、信明の反応は違った。

「……………」

「定信様のお考えは一途である。そして条理を立て、武士のありようをより高いものにしようとお考えだ」

「………」

「しかしその考えに、ついてゆけぬ者は少なくない。今は面と向かって逆らう者はいないが、離れて行く者はある」

そこで通りの様子に目をやっていた信明は、正紀に目を向けた。離れて行く者の中には、正紀のいる尾張一門が含まれている。

「あのご仁は崇高だが、孤独だ。私はしばらく付き合ってみようと思っている」

「さようで」

他にも問いたいことがある気がしたが、言葉が出なかった。信明は、定信のすべてを認めるわけではないが、ついてゆくと言っている。武士のありよう、というところに共感を持っているのか。

そこは正紀と相容《あいい》れないところだ。

「では、また会おう」

言い残すと、信明は広瀬を伴って立ち去って行った。正紀は人込みに紛れて見えなくなるまで、その後ろ姿を目で追った。

どこの札差でも、切米は滞りなく行われているようだった。悶着は、起こっていない。直参たちの表情は明るい。

定信が望むとおりに、新たな借金をしないで済む暮らしができたらと正紀は願う。

「さて、我らも引き上げるか」

と呟いたとき、声をかけてきた者があった。

七

「あの、もし」

遠慮がちな、女の声だ。振り返ると、昨日掛江と江戸から逃げようとした梅だった。

顔に笑顔はないが、目は何かを訴えていた。質素な身なりだが、直参の妻女らしい、凛《りん》とした気配も感じた。

「昨日は、お世話になりました」

「うむ。気持ちは治まったか」

一夜明けただけでそれはないと感じたが、他に言葉がなかった。

掛江の死罪は間違いない。今回の切米に片がつけば大口屋与右衛門は捕縛される。

すでに店の裏手には、町奉行所の者が控えているはずだった。

「今日は朝のうちに換金が済んで、使いに出たところでございます」

昨日は家を出ようとしたが、一刻（二時間）ほどの外出だったから、家人は怪しまなかったのかもしれない。それならばよかったと正紀は思う。

罪を犯した掛江と江戸を出ても、この女に幸せはない。

「当家では、養子をとることといたしました。私はその子を稲富家の跡取りに相応しく育てたいと存じます」

「そうか」

腹を痛めた子ではなくても、育てることに喜びを見出そうとするのならば、それは何よりだろう。

「いろいろなことがありましたが、あの人は最後に私を守ろうとしてくれました。稲富家で過ごせというあの言葉が、これからの私の支えになります」

「何よりだ」

梅はここで改めて頭を下げると、正紀の前から立ち去って行った。

正紀は、ふうとため息を吐いた。辻井家の一件や藩の棄捐の令を求める声については決着を得られたが、もう一つ頭の痛い問題が残っていた。

高岡河岸の納屋新築に関する、借入金の問題だった。五十両を作らなければ、材木は手に入らず、前金の十両も没収される。期限は今月末までだった。

「どうしたものか」

佐名木や井尻と再度相談をしなくてはと、重い足で上屋敷へ帰った。すると正紀を訪ねて、二人の商人が待っていた。

桜井屋長兵衛と濱口屋幸右衛門だった。佐名木と親しげな様子で話をしていた。

何があったのかと思いながら正紀が座につくと、幸右衛門が口を開いた。

「先日は、利根川の増水の折に、幸龍丸と船乗りたちが、お世話になりました」

「いやいや」

河岸場として当然のことをしたまでだから、わざわざ礼を言われるほどではない。

「水嵩を増した利根川は、まさに暴れ川。幸龍丸の船頭益造が申しておりました」

「確かに暴れると手に負えぬ川だな」

「そのような中で、藩士の方々、村人の方々は、納屋を守るためにご尽力くだされたとか」

ここで長兵衛が引き取った。

「藩の納屋だけでなく、私どもの納屋を守るべく、命懸けの働きをしてくださった。